译林出版社

目
录



## 第一章
## 好姑娘都站在人渣的肩膀上

## 第二章

## 为什么他还没有来？

## 第三章
## 其实，最好的年龄才刚刚开始

# 代序　她的精致背后，有一片烟火

艾明雅

2012 年 4 月 26 日是我的婚礼日。

她 4 月 23 日就从深圳跑来张家界，帮我补妆提包买玫瑰看手机，折腾了几天。

4 月 29 日她说要走，结果刚好碰到机场流量控制，硬生生被我逼着退票，又待了几天。第二日我陪她去宝峰湖游玩，我老公说，你多给十二拍几张照片呀，干吗老是她拍我们。她冲我一笑，说：你知道我是不爱拍照的那种人。景色这东西，大部分都是留在心里。

但是到了金鞭溪，她还是举起相机，拍了溪边一丛随处可见的白色小花，说：好美。

于我而言，她是很美。如溪边不知名的白色小花，静默，淡雅，绝非第一眼美女。她的好，只有处得久了，才知道那是一种嗅觉里的芬芳，而不是眼里的艳丽。

三年前她还不是唐总的夫人，我也不是 M 先生的 M 太太。她只是十二姐，我也只是小雅而已。直到如今，依然是不论年龄比她大或是小的人，皆称她十二姐。她曾经牛气冲天地说，这个“姐”代表一种江湖地位。她有点小霸气，也爱指点，爱“提携”众女。

比方说，在张家界第一次见到我们俩共同的读者，一个叫小龙的姑娘，她不是甜美微笑地感谢各单位感谢读者支持，第一句话就是一脸严肃地批评人家：你这个发型太土，完全没有展现出你应有的魅力，回头让小雅她娘带你去做个头发——整个贵点儿的，别舍不得钱。

她就是这样，虽然不爱言语，看到不爱打扮的女子，却忍不住要评说一番。在她看来，这世间没有不美的女子，只有没被发掘不懂欣赏不懂爱自己的女子，该度她们醒来。

她是真真有公主情结的，她善于发现女人的美德，也痛斥女人的弱点，觉得全天下女人都是公主，所以不值得为哪个矮矬穷的坏男人哭泣。旁人讲她强势，只有我才懂那是自己痛过恨过走错过路以后，才衍生出的对众生的怜爱，愿一众女子都不要走错了路，辜负了青春。

她俗气，却俗气得让你无法辩驳，因为她俗得恰到好处。她说女人要打扮。她不相信男人可以透过你一脸的青春痘爱上你丰富的内心和灵魂。她说男人要有钱，所以她老公也很会赚钱。因为她相信爱情是存在的，但生活是现实的，赚钱才能爱得更好生活得更好。

她看得清人性的肤浅和弱点，然而却不偏激，只是努力适应。

她是谁？她是兵来将挡水来土掩，从不自我欺骗和麻醉的女人。她不是那种端着一腔精神恋爱的鬼东西让你等待良缘的那位云端女神，她不是那种你寄张明信片过去她给你回一首普希金的诗的作者类型。她是那种你问她可不可以见个面她会邀请你来家里吃顿饭，穿着拖鞋素颜给你开门的女人，手里可能还提着一根葱。她是隔壁的姐姐，是楼上的嫂子，是同事的太太。她会介绍高帅富给你，告诉你把妆化漂亮点儿去赴约，还要让你穿好点儿，别被人看不起。她是你在小区走过路过就看见的那个拎着车钥匙穿着瑜伽裤打着哈欠去买菜的师奶。

我记得，她当年还不是这样闲适的。在深圳的时候，我们俩都很穷，却死活被她拉扯得一身光鲜。不喷香水是不行的，不化妆出门是不行的，发型三个月以上才整一回是不行的。

我省钱，她鄙视我说不会花钱的人没前途。我苦笑：那得有钱可花啊。她怒目：你对你自己赚钱能力的这点信心都没有？但是，若有男人约，即使高帅富得让我流口水，她也必定得让你端稳了姿态，不可轻举妄动。她有些傲，有些狠，有些温热，也有些凛冽。

她爱 GUCCI，爱 LV，也爱那些大俗大艳的东西。她花钱也很厉害，但是也爱讲价，买水果一定要从十块讲到九块，隔夜的饭菜炒一炒又是一顿。她的精致背后，连着烟火。

她爱读书，却不以书来逃避，不以书来抑郁。她说：我是一个有思想有品味的师奶。但是很多小清新的文艺女人不喜欢她，觉得她太刻薄，太揭露现实。她讲话一针见血：没胸光有脑有什么用。她很像用男人的眼光来看女人，她很淡然，也很看得透。穿起旗袍来很温润。谈起文学、电影，她也很优雅。那时候，你想不到她会做饭，会杀鱼刨生蚝。

她好还是坏，你觉得如何就是如何，说不清。她是一个矛盾体，你不完全看得清，也不完全读得懂，但是——你就是热爱，你就是欣赏。你热爱她疼惜自己，你欣赏她热爱生活。她做饭，收拾，样样都行；脱下手套后，擦香水、换靓衫依然很傲娇。

她最近还剪了个短发，原因是觉得自己长发看起来太贤良，我点头赞许：新发型不错。她一脸得意地说：老婆要有头顶一片云，上书“动我老公试试”的气场才行。

瞧，她就是这样，不故作矜持。她也爱谈御夫，接地气到不行。而且她不抑郁，不孤僻，不写看不懂的鬼话。她更是有老公有公婆，买菜做饭洗衣也写字的、生活饱满的女人。

如此强大的小宇宙，写的字也绝非省油的灯。灯不省油必然亮，亮了才照人前行。

她的字是一桌盛宴，等着你慢慢品尝，酸甜苦辣什么都有，都是家常菜，却是好滋味。这年头，看多了期期艾艾大龄未婚自恃傲气仰望天空，行走寂寞的只谈爱情鄙视婚姻的 80 后女作者，我们需要一些真实明朗、在精致与油烟间找到平衡的女人来做幸福支点。

在书中，她告诉我们做普通人也能活色生香。不然，老看那些云有什么意思，云上面只有孤寂的飞鸟，泥上面才能开出清香的花。她还说：人人都要吃饭。不吃饭光写字会饿死。

三年前，她还不是唐总的夫人，我也不是 M 先生的 M 太太。可如今，她是唐夫人，我也已是 M 太太了。今次相见，身份已变，她对我说，好好过日子，好好写。我说，你也是。

多少年，她用文字记录生活，以生活反哺文字，今天又以书照亮女心。写字果然不是目的，认真生活才是。关于生活，她真的真的好俗气。可是，她的大俗大雅，好有诚意！

对了，我还没告诉你们，她是我最好的闺蜜，诨名十二！

2012 年 5 月 5 日

于张家界

# 自序　我们的青春，最欠缺的是什么？

我人生中最伤心的年龄，是 20 岁。

失了恋，走在校园的林荫道上，戴着耳机，整个人失魂落魄，眼泪突然就滚了下来。晚上躺在寝室里，室友已经酣然入睡，只有我还辗转反侧，脑海里一幕幕过往，恨意翻涌。

那个时候对人说，我想我以后再也不会这样去爱了。说这句话时，是百分百真心这么以为的，绝不是矫情，也不是想引谁同情。

那个时候，我对时光的领悟太浅，我对人生的所见太短。所以，太容易对一切下定论，好像这辈子也是这样了。在这样的心境下，不可能不迷茫，不可能不惶恐。

然后就是毕了业，一年丢了三个手机，被偷两个，被骗一个。忐忑不安地想，如何跟父母解释那个花了他们一个月薪水买的手机又没了。

对这个城市完全无法融入，对人情淡薄完全无法释怀，对世界感到的不只是迷茫，还有更多的是畏惧。

25 岁到来前的时光原来比 20 岁更难度过，因为青春散场，因为分崩离析，因为我们各自失散，去了一个陌生战场，孤军作战。没有人例外。梦想不敢再想，诺言不敢再许，除了努力让自己活下去。于是，最堪抚慰自己的事，是吃顿好的。最温柔的时光，是听偶像剧里男主说的情话。

大多数时间，举目四望，周围都是和我们同样仓皇的同龄人。在情绪失控的时刻，仿佛置身于荒野，风呼呼地穿膛而过，心是洞开的，完全抵挡不住那寒意。

种种这些，对现在的我来说，其实都已画面模糊，甚至我已想不出来那滋味是不是真的苦涩。大概，每个人的青春，在逝去后，很快都将是模糊的，不愿再多提起。可是，当那一切，我们正在经历的时候，痛就是那样铺天盖地。

当我回望那些的时候，当有一天，我心中安宁笃定的时候，我写了那篇《其实，最好的年龄才刚刚开始》。那种心绪，我相信，终有一天，你们一定可以理解。我相信，只要努力感悟，努力向前，都会在后青春期的尾巴上发现有史以来最好的那个自己。

人，是需要一些苦痛来让后半生学会感恩的。人，也是需要一些彷徨，来学会自爱的。心上的血，浇灌出的花，那种美与众不同。

而我也终于知道，在青春散场之后，我的后青春时代最欠缺的是什么。不是金钱，不是旅行，不是美衣华服，不是其他，而是陪伴。

就那样孤独地被抛到人群里。人和事对我们越来越挑剔，我们开始比以往更疑惑、更茫然、更矛盾。找不到合适的人恋爱，怎么办？是留在大城市，还是回到小城市？工作上看不到未来，怎么办？那曾经的梦想遥遥无期，怎么办？没有人给我们指出该往哪里走。身边的人都同样捉襟见肘，慌忙地努力做一个合格的成年人。

所以，觉得一步步走得格外辛苦。所以，渴望一种更深层次的陪伴：能够懂你在坚持什么，能够让伤痛的你平静下来，能够互相鼓励着一起相信明天会更好。如果有人陪伴，奋斗也并不那么令人畏惧。如果有人一同上路，梦想也不再遥不可及。

对于开始逐渐成熟的我们来说，陪伴这个词原本很简单，如今却是那么难。那不是一个人和你同处一室，或者近在身边，你就能感到是被“陪伴”着的。更有可能的是，那个人或许远在千里之外，或者甚至都不认识你，你却会觉得，他是在“陪伴”你。

在科幻世界里，人类的灵魂可以分化出一个精灵，跟人同生死，永恒追随陪伴着人。这无疑是人类试图打败孤独的最美好的臆想。

精灵当然不可得。但陪伴，除了找到那么一个人，还可以是更加多样化的，可以是日夜戴在胸口的一条项链，是一双走远路也不会觉得疼痛的鞋，是一个永远等着你拨过去的电话号码，是喷上来的瞬间就感觉美丽的香水，是时刻放在包里的日记本，是一本你想放在枕边的书，也可以就是你自己。

于是，我逐渐放平心态去面对人世的一切，逐渐学会治愈自己——从能够自己陪伴自己开始。一个人也可以把自己陪得很好。我足够爱自己，我才能陪伴自己。而能把自己陪伴好的人，身上会有不一样的光彩，没有戾气，平静，有趣，一团和气，许多人都会想接近你。

在最好的年龄，学会自己陪伴自己，这是青春给我最好的馈赠。我收获了一帮我想可能会陪伴我终生的闺蜜，然后，是一个我希望他能陪伴我到老的人。

这一本书，我不想讲任何道理。因为所有的道理都隐藏于你的心间，只在于你是选择找寻它，还是忽略它。再高明的文字，也只能点出你心中本已若隐若现的道理，让那些疑惑变得坚定，让那些茫然变得清晰,让那些矛盾变得简单。我觉得,这才是写作的人应该去做的事。

写作的人，不该是偶像。我也不想做偶像。做偶像太累，我没有那么完美，也不想被偶像束缚。有一个姑娘说：那就不要做偶像，只要一直写字给我们看就好。

我想了想，我就做一个用文字陪伴你们的人好了。我们一起成为更好的自己，一起走向更好的年龄，青春散场，陪伴仍在。这是我开始写作的初衷，也希望真的能够温暖到你们。

让我们接下来的人生，都有人来分享更好的自己，都有人来证明自己已变得更好。

# 第一章

## 好姑娘都站在人渣的肩膀上

# 越来越与爱无关

## 1

《欲望都市》(《Sex and the City》) 是那么打动我。

Sara 戴珍珠项链穿睡衣念情诗的样子，想起 No. 5 的梦露，心中满满的都是 love 和 dream。然后，看她穿着 Vivienne Westwood 设计的婚纱在街头狂奔，拿起白色的百合砸向 Big。心痛无以复加。还好，还好，她还有那么三个朋友，可以拥抱，足以慰藉，即使人生凄惨到婚礼的前一刻未婚夫悔婚。

还好，好莱坞始终是慷慨的，不会像韩国人那样热爱把女主角折腾到死为止。看 Sara 穿着那双 525 美金的鞋子走进教堂，许下承诺。没有盛大的婚礼，没有名设计师的婚纱，没有头版报道。平凡的小餐馆，朋友们一起举杯庆祝。而我也明了，总有一天，虚荣不再是爱情的主题曲之一。冷暖自知这句话，说来容易，真的以此来选择，却是难上加难。

**年轻时候，在乎的东西太多。没有玫瑰，没有钻石，再爱，也总**

**觉得委屈。反倒没有那么多心思去想关于生活的琐碎，是否已准备好去承担。**

而这也是青葱岁月的特权，你有时间去尝试，有精力去磨合，有勇气去受伤。于是，那么容易就爱上。爱上笑容，爱上他开车的姿势，又或者爱上他抽烟的样子。爱上香水，爱上袖扣，又或者爱上他的背影。那么细微的小事，就足以让你疯，让你狂，让你奋不顾身，以为全世界的空气都因那些而美好了。

等到哪天突然放下，才发现，除了这些微笑，你对这个人其实一无所知，无知到自己都难以启齿的地步。这难以启齿到头也就归结为一个字——错，然后在心口凝结成一道伤痕。悄悄掩盖，白纱蒙着。远远望着，可以假装遗忘。

## 2

这城市里有太多这样难以启齿的故事。这冰与火的城市，每个人的伤口早已说不清道不明。酒醉的时候，仗着酒气就可以去拥抱陌生人，口里呢喃念着:我好伤。再问一句，你怎么了？却不知如何接下句。伤在哪儿？何时伤的？哪里记得，哪里记得，只记得很伤而已。

然后酒醒后，明天依旧白纱蒙面地穿行。

我开始喜欢在睡前喝一点酒。发现一种韩国的青梅酒，一口就爱上。倒上一小杯，再加一颗青梅。酸酸甜甜，青涩年华，可以在杯中再现。晕乎乎的，飘飘的，心里响起好多快乐的歌，一夜无梦，宝宝好好睡。

但终究还是不肯像《非诚勿扰》里的舒淇那样买醉，她是烟花，愿意粉身碎骨，才会那么难以忘怀，最终逼得自己跳下悬崖，把一切一切葬送到大海里，才肯重生。

我却是克制的、节制的，爱自己爱到从不肯轻易允许自己在清醒的时候沉沦。不肯喝到醉，因为害怕被人看到醉容，从此形象扫地。也怕那些从不言语的事一下从闸口泄洪，无人能拦阻。于是，喜欢红酒，那么容易就晕，却还可以清晰思考，即使满身酒气也还是可爱的。

节制而清醒的女子，总在快要抵达快乐顶端的时候就开始惆怅，分开的下一刻如何维系？于是，她们退步了，这样得以维持住很多东西，少了很多错误，却也很难得到纯粹的快乐。

但好在，她们的世界永远有一群不妒忌的女友，一直在身边，相互扶靠。她们是彼此的勇气，也是彼此的希望。她们能懂那份不肯放纵的自爱，也能懂那份对爱的坚持。

**有一天，爱不是空气。这个女孩儿长大了。**

**有一天，爱不是憧憬。这个女子淡定了。**

**有一天，爱不是必须。这个女人，或许已经找到了生活的位置。**

这条依靠爱去寻找自我的路，徐徐前行。总有终点。

快乐和温暖，越来越多因为微小的事，而常常变得与爱无关。

# 留一丝破绽给自己

## 1

多年来，第一次正式开始独居的生活。

夏日的那个下午，小丸子搬走的时候，在一棵树下，她突然轻轻说了句：谢谢你的照顾，抱一下吧。好吧，抱一下。然后，头也不回地转身。我不会落泪。

他们问，孤独吗？寂寞吗？寂寞是必须的。我会将它当成一杯苦咖啡饮下，引爆身体隐藏的另一种性质的亢奋，测试自己在寂寞土壤里的酸碱度。

我是这样想的，也许，是还没有找到其他的理由。

从超市买回一大堆的菜。在看到速冻食品和面包方便面的时候，狠心掐住自己的手，转身离开。**面对寂寞，第一件事，是逼迫自己不许潦草。潦草一旦成为习惯，就会成为疯长的草。**而我，没有火把，所以不给他们生长的机会。

把冰箱塞满。回家打开冰箱门，自然地就拿出菜走到厨房。炖着鸡汤，炒一碟冬瓜。这是我独居的第一顿晚餐。而昨天，做了一大锅土豆牛腩。小火炖着，慢慢闻到香，汤收干，起锅，装盘。碗也不用了，直接端着盘子，一边大快朵颐一边看李咏忽悠蒋勤勤。

李咏说，蒋勤勤生完孩子之后更美了。这话真是没诚意，别怪我刻薄，隔着屏幕，谁都看到了那明显的鱼尾纹。但她真的踏实了，浮华气少了许多。我相信她是个好母亲。

## 2

夜间的时间，就这样突然多了出来。好像从屋的这头走到另一头，都变快了许多。行为越发没有逻辑起来，信马由缰。赤脚走在地板上，把窗帘拉上，裹着浴巾，抱着书，煮一壶玫瑰茶。等到茶嘟嘟开了，起身关掉。突然想到，等到雨天，炖一锅肉，在沙发上小寐，也不失为一种快乐。

新买的书已经到了。

青梅酒还在桌子上，没有拆封。

不再用急迫的心去拆任何一件礼物，即便是自己送自己的。

看着他们在那里，静静等待，觉得心安。

我知道，总有一天，会用得上的。是的，总有一天，总有一个时候。

有时候，有些人，连如此备用的功能都不具备。不是你太强大，是他们太浑浑噩噩，还要努力表现那些浑浑噩噩，以为是潇洒，令人生厌。

我不知道，这样的抵抗是否说明青春年华已逝。当寂寞都无法打败你的时候，这个人的漏洞真的就太少了。没有漏洞，别人无法有机可乘，恐怕只会更加寂寞。高明的剑客恐怕最深谙此道了。想要剑法没破绽，只能让自己孤高，比如西门吹雪，比如叶孤城。

我不要当天下第一，还是像陆小凤那样好。永远没人知道那灵犀一指如何练就,如何攻破。生活的武功,看起来是那样灵犀的巧合就好，不需武装到牙齿，引人决斗。

多年前，那个周末昏睡整日，饿了叫外卖的孩子，就这样一去不复返了。

我刹那间，懂得了你的孤独，可是我再也不会回去你的世界了。**你在寂寞里失去了爱人的能力，飘在半空中了，却没有练就那样一等一的武功，一切都是假象。**而我，一定会留着那一丝破绽。

这个屋子，缺一只花瓶。

## 够不够爱，都没关系

318 国道上成都至拉萨一段，杜鹃花资源尤为丰富，贡嘎山杜鹃、康定杜鹃、波密杜鹃，多么熟悉的名字啊。它们名字的前半部分正是 318 国道川藏线上的一些地名。

公路从谷底的森林中通过，你也会看到林中的杜鹃花一团团、一簇簇，像幽暗的森林中燃起了火把，鲜明耀眼。尤其是在河边，杜鹃沿着河岸开得如火如荼，花影在河中摇曳，流光溢彩。林中的杜鹃，已经不是灌丛，而是高大如乔木，如果你走进林中，不需抬头看花，仅是地上缤纷的落英已营造出迷人的意境。随着海拔的升高，尤其是在川藏线海拔 4000 米左右的山坡上，我们会发现森林戛然而止，在林线之上的往往就是暗绿色的杜鹃灌丛。

我在雨花餐厅等朋友，喝柠檬水，找服务生借一支笔，抄下上面的文字。

这段文字来自国家地理。这一期，说的是 318 国道，一条美丽又奇妙的路途。

我喜欢这一期，非常美妙。

318 国道穿过我的家乡。那是江汉平原腹地的一个小城，春有雨，夏有荷，秋有金，冬有雪。小城过去再过去的城市，是妈妈的家乡。爸爸的家乡是隔江的邻镇。

我的母亲是在山边长大的女子，她是长女。三岁多的时候，我跟着她回家乡。一道道的山梁，夕阳西下，妈妈背着我。过一会儿，她太累了，跟我说：乖，自己走走，马上就到了。那个时候，外婆的家好远好远，外婆家的山好高好高。

我的父亲是在江边长大的男子，他是二儿子。江边有长长的堤。我跟着哥哥弟弟们，拿着水桶和小竹竿去钓虾。坐在水塘边，看着他们扑腾跳下河抓鱼，我就在岸边守着艳羡着。

我是他们的女儿。骨子里是妈妈的山，面容是爸爸的江。

他们很普通，都是好人，善良无害的人。山的固执和水的散漫，碰在一起都是生活的碎渣。他们会问：爸爸的家乡和妈妈的家乡，你更喜欢哪个呢？奶奶和外婆，谁对你更好呢？他们不知道，这两个问题在我心中，从来都不曾考虑过，就像你更爱爸爸还是更爱妈妈一样。

我看过他们争吵，看过他们打闹。我从来不曾担心他们会离婚会分开，我只是觉得他们不够相爱而已。

**现在，我知道了，够不够爱，都没关系的。那只是生活的一种样子，烟火俗世里的爱，有很多种样子。**有属于厨房的爱，有属于卧室的爱，也有属于阳台的爱，正如地球有很多样子。只要你愿意，你就可以独自去看杜鹃，看那些原生的如火如荼的嚣张漫野的花。只要你愿意，你也可以守着一个家，天天洗手做羹汤，养一阳台的温室花朵。

所以，我一直都是那么清楚，放下与臣服都只是一个念头而已，只是时机未到。时机到了，该漫野的就漫野，该臣服的就臣服。现在时机未到，我们还来得及嚣张，来得及沉溺，来得及懒惰。

我知道，我的时机未到。

## 有些花，从不喜欢到喜欢

### 1

深圳的冬比我想象中暖和许多。第一次过这样的冬天。整个城市白天都被一层灰色的霾罩着，风是干燥而有耐性的。树木是常绿的，山是常青的。无须裹一大堆，没有雨，没有雪，没有让人想去亲热的阳光。

这样的气候没什么不妥当，只是不妥帖。你会饥渴得想灌下一大杯水，却无法再享受冰凉的水由舌进入喉咙时的瞬间快感。这样的气候好陌生，不知道这样的天气穿什么才合适。摸着从武汉带回来的毛线围巾，温暖，垂下的一圈蕾丝，像快要绽放的花苞。

花。一直以为自己从来都不会喜欢玫瑰。总觉得那样血红的颜色，太过招摇，无须绽放，只是很急于向人彰显自己的美满。想着，如果她不是被冠以爱情花的名号，只会沦为二流的花。我错了。

这个 12 月里，一大捧含苞欲放的玫瑰一下子吸引住我的眼球，我爱上了她。可那还不是她最美的时刻。她，慢慢绽放着。慢到你会忽视她会绽放。一夜一夜。花瓣的层次缓缓地打开，一层层地往外舒展。从外层到里层，花瓣会微微地向下弯曲。可你始终无法看到花心最清晰的模样。

她一直很努力地绽放，想吸引住某双眼睛。披上最鲜艳的外衣，好好装扮，唯恐这样还不够美，衡量着，是否该抛开天生的那份矜持，迈出那一步，把自己的心思完全呈现在某人眼前，展示在阳光下。这是很折磨人的事。心思纠结。因为不知，完全绽放后的结局是什么。也许绽放的瞬间就是枯萎，见光死。或许可以幸运地让人不舍，在阳光下，在风中风干。即使滋润不再，容颜不再，但却永远保留曾经的颜色。

玫瑰的爱情。决定的那一刻，我才知自己到底有多爱你。女人的自尊，女人的骄傲，比想象中脆弱。决定放下时，能否换到自己想要的心。**放手一搏，需要飞蛾扑火的勇气。有无数次，望着你，那一句却那么难。我无法预测，我说出这一句，你的下一句会是什么。**

那样的日子，玫瑰般仔细思量是否该在你眼前完全绽放。那样的绽放是一种全心的交托，只有一种答案才不会引起流血。其他的，无论什么都会是刀刻。

## 2

曾经，总是对那些男孩子说，不要送我玫瑰，百合就好。我是摆着高高的姿态对他们说出这些，他们忐忑，我才是决定的那个人。所以，我从来不明白，那样的血红与招摇无关，那是诚挚的心。**那个时**

**候，喜欢百合，因为她永远是无所顾忌地绽放到最华丽的姿态，素净清丽。**感觉如白衣白裙，昂头走过街道，不带灰尘的女子。那种姿态，让人很安心。无人打扰，无人伤害，你的心思想着自己是美丽的就好。百合意味着：我要远离伤害。而玫瑰意味着：保佑不要被伤害。

记忆中我唯一留下过的红玫瑰，是褪色后的花瓣。那一束被我丢进了垃圾桶，唯有几片被我漫不经心地夹在了书页中。多年后，再翻开时，我惊讶于她依旧是红色。只是那红，终究是褪过了色的，但仍让我想起她当初的色彩。当时，有一种心疼。那种心疼，在之后的数年，被遗忘。

六年后，看着插在透明瓶子里的衰败的玫瑰，不忍心丢弃。多年前，那几片花瓣的影子瞬间闪在你眼前。我仔细看那束玫瑰，第一次仔细看她。然后明了。

**有一些花，你会从不喜欢到喜欢。有一些人也是。有一些感觉在多年后，你才会真的读懂。**

# 没有谁是天生注定

## 1

大风伴着豪雨糟蹋了我的六月，这样的天气下，除了睡觉，似乎别无其他追求。

我常常会在黄昏时候沉沉睡去。那个时候的睡眠特别静好，没有梦魇没有恐慌也没有辗转。一觉醒来，丸子在身边喊：7 点了，快起来啦。我不肯睁开眼，还问她：周末呢，你怎么这么早就起来？一分钟后，突然醒了，才想到这是晚上 7 点不是清早。

在家的时候，我也会经常一觉从白天睡到天黑，在很多个夏日或冬日的黄昏。醒来的时候，厨房已经传来饭香，整个屋子飘满妈妈的味道。那一刻的幸福，经历过的人都会懂。于是在那样一个端午的傍晚，我醒来，然后想起妈妈，我发现我越来越容易沉浸在那些细小的回忆中，无法自拔。一些原本以为遗忘了的枝枝蔓蔓，也开始很轻易地浮现，最后把我虏获。

我开始喜欢“枝枝蔓蔓”这四个字。在《士兵突击》里，有两段关于树木和枝蔓的言语。一段是高城说：他每做一件小事的时候，都像抓住救命稻草一样。有一天当我再看时，他抱住的已经是让我仰望的苍天大树了。另一段是成才说:许三多,你是一棵树,有枝子,有叶子。我是根电线杆，枝枝蔓蔓都被自己砍光了。现在，我要回去，回去找我的枝枝蔓蔓了。

关于树，还有一段言语。在《蓝色生死恋》里，恩熙说，她想做一棵树，种在哪里就是哪里，一辈子守护一个地方，哪都不用去了。那年我第一次看这个电视剧的时候，我听到她苍白地说这个愿望，想到那首诗，那首《一棵开花的树》。我想着，我才不要做一棵植物，我要远行，去很多很多我想去的地方，去看很多很多的风景。所以，那个时候我是不会去想树和那些枝枝蔓蔓的，因为年轻。但现在，我会很认真地去思考人生和树，人生的枝枝蔓蔓这些问题。

## 2

我曾经希望嫁给一个让我心疼的男人，然后陪着他在山上看杜鹃，没有杜鹃，野生的树也是好的。然而，他大概并不相信一个年轻女人能够抛弃繁华去看野生的树。这怪不了任何人。我们彼此砍断了一些枝枝蔓蔓，故事就从此戛然而止了。

让女朋友替我拔掉带了四年的玉镯子。当初买它的时候，一眼相中，店主费尽心思擦了很多乳霜终于替我戴上，然后就拔不下来。我以为这是天意，满怀喜悦地掏光身上所有的钱，戴着这个天意的手镯回家。再后来，我终于决定将它摘下。其实，也不过是让手上多一块瘀青而已。将镯子放在抽屉里，然后记起一些曾经的过往，心事重重，可再也没有眼泪。

**时光是一种强大的力量。你不会再笃定谁是谁的天生注定，你也不会再轻易被自己的枝枝蔓蔓击倒。**

## 做风筝，不要做放风筝的人

### 1

三个月前，我说紫薇快开了。现在，她终于开放了，像紫色的云霞。我又有些失落，时光如水，没有波澜只有褶皱。很多时候我会感觉是这个城市的过客。

我常常会盯着某个不知名的人看。我看到一个中年女人，手上拿着两枝栀子花。那花虽是含苞，却已蔫掉。可是，我盯的不是花，而是梗。我在想，她是在哪儿买到有这么长这么青翠的梗的栀子。我是不会开口问她的，即使我不需要赶那趟公交车。

我常常会听到很多声音。清晨，一个东北女人和一个男人吵了起来，原因是那女人踩到了那男人。在 2008 年的某个早晨，这是一场很平常的争吵。只是，有些话，不能也不应该说出口，它们会让这个世界更加扭曲。

某个傍晚，一个男子终于从拥挤的公交车上“跋涉”下来。是的，跋涉，这个过程我每天早上都会经历，可不同的是，有人在等他。她穿着粉红色的孕妇装，站在站牌下。他走过去牵起她的手，他们一起回家。

我突然想起，四年前初到这个城市的清晨，我急急忙忙赶着去搭车。我的前面，一对夫妇的手紧紧握在一起。我忘记了很多人很多话，但我还记得这一幕。我不去想,多年后他们是否还会牵手一起去上班?我只是想，这一刻就很美好。

## 2

有一部电影，时空穿梭，灰姑娘到了现代，她遇到了一对正吵着要离婚的夫妻。她对那个男人说：你还记得她当初的美丽吗？这一句话，救了这对夫妻。这是童话世界里的对白和情节。现在的我们，还有多少人记得初见的情景，尤其在互相埋怨的时候。

我是这个城市的过客，我一直以这样的心态在这个城市里生活着。很多人说，你这样不好，为什么你会不喜欢这里呢？来到一个地方应该让自己融入进去。

**可是，很多时候，我宁愿自己是个过客，这样我才能始终清醒地看到自己和别人，这样我才能守护住很多东西，这样我才能看到那些不多的花，那些美好的牵手。**这样又有什么不妥?

有人问我，那你为什么要来这里？这个问题，在夜里，在白昼，我无数次问过自己。是不甘心吗？是为了追求什么？说实话，我不知道这个问题的确切答案。也许，那是因为我没有想过要留在这里。对于一个过客来说，每段经历都有意义和价值。然后，有一天，她一定会知道归宿在何处。

那归宿在哪儿？许多女子的心中都有个费云帆一样的影子。可我们又毕竟是俗人，只能找个俗人。他只要足够强悍，能够保护他的配偶在强烈的竞争下生存。这样，我无论飞得多高，才真的是风筝。

其实，女人，能做风筝才幸福。**你不要傻傻地去做扯着风筝线的人，并且傻傻地耗尽一切心思去学习放风筝的技巧。**

这是我这个过客最近所想到的另一件事。

## 吻下来，豁出去

为了好好活着，所有人都在不断地朝着努力成为一个好大人的方向前进。

咱是个大人，不是孩子了，不用妈妈叮嘱也已经知道年龄是无法逾越的坎儿。

而爱情，就如我 18 岁时姐姐跟我说的那般，终有一天，没有它不再是令你最恐慌的事。

虽然那个时候，我无限鄙夷，坚持认为她这句话是多么俗气。现在却因为更多地接近了生活的琐碎，而了解了那些鸿毛般爱情背后的其他恐慌，这些恐慌都含有共同的因子，这个因子叫“缺失的安全感”。

所以，拥抱比牵手更加轻易，并且失去了很多美感。它是一种需要，与承诺无关，与颤抖无关。当你发现它的时候，别人的爱情，却更加打动你。我不知道这是一种反差，还是一种讽刺？

S. H. E《我爱你》的 MV，是一个关于爱和等待的故事。

女孩儿要去台湾，临别前给男孩一个木盒子和两个字“等我”。多年后，再相见，都已是两鬓斑白。只不过女孩儿已为人妻为人母，三代同堂，有人叫她“奶奶”。而他，一直留在原地，守着盒子，等着她。

丸子说，她还是会回台湾的。而我心里的答案是：留下来，陪他走过最后的日子。

我猜对了。她如实告诉现在的先生，希望他放她走，让她完成当年的承诺。

我看着最后他们牵手走上上海的老楼梯，泪水在眼里打转。

丸子问：只有那个年代才有那样的爱情吧？我始终相信这个年代也是有的，只是所有人都被伤得太多。**你知道伤痕愈合的代价是什么吗？不是时间，不是放纵，而是越来越高的底线，与越来越狭窄的心。**没有卑微，何来相濡以沫？

在看故事的时候，我的泪点很低。可是遇到现实的爱，眼泪却越来越吝啬。

记得最初相遇，我总是转过头，不让你吻我的嘴唇。你却也不说什么，乖乖放弃。女人的某些坚持，在男人眼里也许可笑或者不可理喻，但却是顺从内心的真实反映。不要问她们这些矜持是否有意义，因为她们也无法解释，只是听到内心的安全感之钟在嗡嗡作响。

# 婚姻，立地成佛还是成魔

## 1

端午，面朝大海，春不暖花已开过。三天瓢泼大雨之后，黄昏的天空，终于不再哭泣。

喝红酒，才半杯，却已昏昏欲睡。真的躺在床上却睡不着，心心念念。打电话给某女友，她说还未曾见过海。激动得恨不得喊她立即来，跟着她去情侣路上飙车，看白花花的浪拍岸，还有这里夜晚白花花的云被海风吹着跑。

这个关于海的约定，让心情好起来。女朋友，而非男人，成为这世上许多女子的浮生安慰。

她们会买你爱的豹纹高跟鞋送你，然后，在分手的时候发短信告诉你：亲爱的，你要快乐。抬头挺胸，不要辜负那么漂亮的鞋子。她们知道你需要什么，她们知道你害怕什么，她们知道你此时此刻发呆的时候在想着什么。

何时开始，女人与女人之间，早已远比男人与女人之间更有承担了。这世界，先从床上起身穿衣服离开的权力，已不再那么笃定地属于男人。是悲哀抑或是进步，我不知道。只是，女子们却为这先起身的权力付出了血泪的代价。丢掉了从属与忍辱负重之后，背负起一样的价值与责任。

**不再哭泣，忘记哭泣。外里是柔媚的裙子，内里是铿锵的森林。唯一可喜可贺的是，铿锵的森林们真的相亲相爱起来。**彼此做彼此的树洞，不用羞耻，谁又比谁更无懈可击？谁又比谁爱得精明高深？谁又比谁更了解男人世界的规则呢？

## 2

其实，所有的爱，都是一个样子。男人的劣根性与女人的口是心非之间的角力，不会停止。所不同的不过是时机。某一天你忙碌高昂的时候，眼高于顶。等到疲惫脆弱空虚的时候，就有了各种各样的误会与错误。我们都在不停面对这些错误，解决错误。只是时时有心无力，于是错过的就那样错过了。最后，那些个不再挣扎，懒得折腾，就变成了终成正果。

但终归永远有那么一些勇于挣扎，无法放弃折腾的人。一次次地蜕皮，一次次地涅槃。从《欲望都市》到《达子的春天》，到《我叫金三顺》，再到《败犬女王》，那些个在想哭泣的时候，大口大口吃东西的女子，因着那样的能量，在自我实现的路上坚持执着，不肯丢盔弃甲。那神情与铿锵，温暖着我们。

只是谁都知道，那不是现实世界水泥森林里的故事。小八岁的白马王子，四十岁遇到的如意郎君，都一样遥不可及。**钻石帅哥，珍珠名车，又或者几千美金的昂贵鞋子，可以为之落泪，却不能为此生活。**

而我们，就这样笑着彼此的傻，然后互相赞美，鼓足勇气睡觉，迎接明天，没有时间颓废，没有时间失踪。然后永远在来不及哭泣的那一刻，内心默默希望有个正果。这真是宿命。

就像《欲望都市》里的米兰达，她忍受不了女友间的话题总是男人男人，愤怒离席，却在街角遇到前任男友挽着新欢的那一瞬间崩溃。

**女人啊女人，你最好的同盟永远是女人，你最好的梦想却还是与男人有关。**

婚姻里，成佛抑或成魔?

某位我心中潇洒的江湖女子，婚后对我发表结婚感言，四个字：结婚真好。

哪里好?

——被宠爱关心，亲密无间，共同承担。

——恋爱是一段未知的旅程，爱得深怕伤得深，爱得摇摇晃晃。但是结婚了，大可以尽情去爱，因为身边这个人是真真切切肯定只属于你的。

——很喜欢一个人后，失去了，就突然觉得自己不会再爱人了，掉进思念的黑洞，但现在脑海里一直有一句话：他是我的。

站在围城外面，望着她这样大声感叹结婚真好。我想，她终于求仁得仁了。真为她高兴。

## 3

关于婚姻。听到很多人说，它已经不再适合当下的社会。人们太忙太累，那么容易疏远又那么容易疲惫。人们有太多选择太多诱惑，那么容易叛离又那么容易遗忘。

没有人敢否认，这些是真实存在的境况。我们比以往更害怕玉石俱焚，也比以往更轻视生死与共。婚姻，好像慢慢变成逃离某一个困境的工具，一根救命稻草。怕孤独，所以结婚吧。怕不孝，所以结婚吧。怕太老，所以结婚吧。怕穷，所以结婚吧。

这仿若是一件最需要理由却又最不需要理由的事，时机比人更重要，条件比感觉更要紧。娶的不是心目中的那个人，嫁的不是心目中的那个人，却无力挣脱，步步为营，岔口那么多，只是没有任何一个路口标明通往何方，只好继续一步步走下去，不知何时才会结束，又不敢让它结束。

我们真的只能这样，必须要这样吗？

我，不曾懂那种身入围城的感觉。但我知道爱一个人到极致那种强烈的占有感，以及君生我未生的无力与怅惘。**如果爱是一种不可自控的心魔，那么婚姻就是一只征服心魔的权杖，这根权杖的名字叫“属于”。**

用婚姻，让这个国家这个世界对所有人宣告，这个人属于你了。这是一种权利，但只有愿意彼此承担，彼此托付，彼此属于，才能求仁得仁。从此，握着这根权杖，可以理直气壮地承担宠溺要求，心神定了。这无疑是世间最好的结果。

只是，光怪陆离的人世，有多妖娆疯狂就有多脆弱无力。抱着权杖大肆滥用的人，忘记了来时的路。躲在外面害怕被收服的妖精们，看不清去时的路。

对于很多人而言，他们的漏洞太多，心魔太强大，渗入其中，难以征服。与其说婚姻不适合他们，不如说他们不适合婚姻。心魔不退，除非遇到佛祖般的男子或者观音般的女子来收服。退而求其次，风中摇曳，走得艰难，心力交瘁。

为何成佛，因何成佛，决定了是成佛还是成魔。

就像一出《西游记》。唐僧太懦弱，只好放弃烟火尘世。悟空戾气太重，只能戏耍人间。沙僧悟性太差，平淡人生，但求逃离水底，衣食无忧。八戒贪欲太盛，佛不成佛，落得个被人嗤笑。白龙马，忍辱负重，早已见不到欢喜爱恋。**唯有那牛魔王与铁扇公主，夫妻一场，不念道行，不求成佛，到最后真正生死与共了。**

不求立地成佛，但求心魔散退，世界大同。

如果我爱你，我还是多么希望，你属于我。如果婚姻可以让你属于我，又怎会怕遭天谴？妖精的心愿，也不过如此。

# 静心忍耐，盛装以待

## 1

《冬季恋歌》里，那个翻墙的女子，丢了鞋子。

他微笑地走过去，抱着她下来，然后轻轻为她穿上鞋子。那一幕看得我心绪摇荡，至今难忘。微笑的男子，卑微的姿态，永远是最好的戏码之一。

所以当你在海边拎着我的高跟鞋，我就想起那一幕。走完那片沙滩，我坐在台阶上，正准备穿鞋，却发现你静静蹲下来，然后抬着我的左脚，先用手掌心慢慢拂落沙子，再用手背轻轻摩挲掉那些最细小的沙粒。我完全呆住，不知所措，连海浪声都瞬间消失不见。此刻终于相信那句话：不是你不够好，只是人不对而已。当然，如果人不对，也是你不够好。

**兜兜转转，我绕了那么久，让自己为难那么多。终于懂得，静心忍耐，盛装以待，总有惊喜。**

曾经以为，空旷无人的田野，不说任何理由，我突然放声痛哭，而身边的那个人却不觉惊诧或厌烦。这个人我可以嫁。

现在真的不敢相信，我竟然有过那样的准则和信条。我们始终要的不是那个看到你流泪不惊诧不厌烦的人，而是那个不去给你机会流泪的人。

用你的鼻子嗅一嗅，让那些黑洞都远走，留下温润与安宁快乐的人。我一直用这样一种非常懦弱的方式来保护我的世界，拒绝恐怖片，拒绝让我害怕的那些东西，不去挑战自己的底线，也不去挑战别人的底线。晃晃悠悠到这个年纪，居然也真的收获了真心爱护欣赏我的一群人。

## 2

重新审视自己曾经以为残破不堪无聊至极的童年与青春，充满感激，连遗憾都变得微不足道。

如果不是当年的不合群，体会到那些排斥与流言，怎会有心胸和勇气去爱同性？那些不合群带来的冷落，却也成就了那傲气与骨子里的谦卑。

如果不是当年的寂寞，哪里会在文字里找寻归宿？幼时的小小泪痕，早已风干，遗留的这颗敏感的心，静静地感受人生悲欢。

当年的我和当年的她们，那些花儿，消失了，再也回不来了。那个小女孩儿长大了，在这钢筋水泥森林里穿行。

因为倔强，所以勇敢。因为怕痛，所以坚持。因为慈悲，所以懂得。因为静默，所以波澜。

因为相信，所以快乐。因为悲伤，所以放开。因为忘怀，所以宽广。因为层叠，所以有趣。

**女人的修炼，需要的不是沉默或者强悍，也不是卑微或者征服，而是做一个有趣的、快乐的人，如水如玉，包容通透。**

我们一起踯躅徐行。

# 你以为曾经忘记的，其实都深藏心底

## 1

我以为我已忘记。

某一天，半梦半醒，一个人兜兜转转在曾经的校园。老图书馆的爬山虎，高大的梧桐树，身旁一个个消瘦的年轻人，四个人的寝室，关了灯，大家互发短信，生怕冷落了新买的手机。 我的第一部手机，大二时买的，彩屏翻盖的飞利浦。

原来还有过这一段。

我都不记得了。

我以为我已忘记。

在半梦半醒间，我又回到了五岁的时候。平房天井，边洗澡边看星星。洗完澡涂上痱子粉，白白的，凉凉的。吃饭的时候偏不吃饭，和男孩子一起去爬卡车，觉得自己好勇敢，然后听到老妈的声音，可是死活不敢跳下去。

只知道如何上去，不知道如何回去。

我以为我已忘记。

还有一个男孩子托另一个男孩子送来小礼物。死活不愿意，好似收了东西，从此就给了他希望，就是浪费他的人生，硬生生不要，那人却塞给我就跑。然后当街甩出去，惊了骑自行车路过的其他学生。

还有被我丢到垃圾桶的洋娃娃。

还有被我从房间窗口扔出去的信的碎片。它们散落在那年的风中，可我已经完全不记得写了什么。

还有暑假里妈妈批发回来的冰棒。

还有停电时候躺在席子上听到不远处的青蛙呱呱叫，吵闹得很。没过几年，我再也没能够听到那声音。

还有过冬前，从学校旁边的院子里偷折来的淡黄色腊梅，插在书桌的瓶子上，使劲嗅着那清香，相信它一定会给我的期末考试带来好运。

还有夏日散步散到长堤时，看到成片成片的金银花。傍晚，成群的蜻蜓飞舞，各种各样的颜色。

许久许久，我都不曾想起过这些，我以为我已经忘记。

## 2

不是我们想忘记，是它们被岁月偷走了，不复出现，消失在你我的生活里。

去厦门的那个清晨，丸子问：蝴蝶绝种了吗？她说，有朋友说许久不见蝴蝶了，它们是不是绝种了。她想了想，真的好久不见。我们就笑她：怎么会呢，只是在城市没见到了吧，总会有地方有的。

总会有地方有的。可是，这话题多么令人悲哀。

偶尔我想到一个城市要消耗多少电？一个家庭每天扔掉多少垃圾？一个国家每天要流掉多少废水？想想我就觉得脊背发冷，但转念一想，我不过一个普通人，六块钱一斤的桃子，五块钱一斤的苹果，三块钱一斤的大米，每个月都必须要付的房贷。在这个城市，我哪里有那么多精力去忧国忧民。

我想起来以前一块钱一碗的面，再想起现在一块五一个的桃子，我不知道以后的日子要怎么过。赚的钱和卖菜的一样多，花的钱比卖菜的多。

可算起来，我活到现在平平安安，已是幸运了吧。

## 3

《岁月神偷》里那么好的孩子，也被岁月偷去了。那个说热带鱼的记忆只有三秒，可是有些事，它们永远会记得的。

为了想和哥哥重逢的小弟，把所有心爱的东西都丢进苦海，奉献给岁月，结果也只是被苦海笑纳了吧。最后，他把一直顶着的鱼缸都丢给苦海，从此他再也不能以那样玩闹的眼睛去看世界了。

而彩虹，恐怕比蝴蝶更绝迹了吧。

天空不再纯净，彩虹搬走了，蝴蝶搬走了，蜻蜓搬走了。

**而我们，只能、必须、不得不在这里留下来，一步一步艰难地走着，筑造信的梦。**

只是许多以前信的，现在不信了，譬如记忆、譬如诚实。许多以前不信的，现在信了，譬如权势、譬如财富。

但谁能说我们变了呢？

某天半梦半醒，想起来，历历在目。

20 世纪 60 年代的香港。

20 世纪 80 年代的内地。

每个人都有每个人被岁月偷走的梦。

那些新的梦，已经与旧的梦无关。

那孩子见到喜欢的女子住在那样的大房子里时，我不伤感，因为他们都还有未来。那台风暴雨吹倒了那个家的时候，我不是太伤感，我知道房子总能修复。那医生说他得了血癌的时候，我不伤感，生死由命。那爸爸当掉戒指给孩子输血的时候，我不伤感，因为所有人的父母都一样伟大。

可是那灵堂里，回荡着那么温柔的歌儿的时候，我觉得有些难过。

可是看到那个孩子坟头的三角梅开得那么旺，我怎么突然伤感得无以复加？

# 天时地利人和，只得那一刻

## 1

风花雪月，是一件需要巧合才能快乐的事。

再精心安排的东西，也很容易被不合时宜的意外搅乱。出去吃饭遇到瓢泼大雨，拎着蛋糕却被撞飞，约会前一天脸上长满痘痘，刚吃得高兴发现浑身过敏。总之，此去经年，良辰好景，风花雪月都是上天所赐。

四个人那天晚上抱着酒走到沙滩上的时候，差点没被眼前的情形吓倒。小小的海滩，蜂拥着一大群的人，下饺子一般拥挤。然而，再后悔也没用了。一直走一直走，居然找到一片空地，可以看不到在海里饺子般的孩子们，心情开始好起来。

刚刚坐定，来了一帮国际友人，抱着CD机，音乐开得震天响，这小片海滩突然就活泼起来。有他们在旁边群魔乱舞，几杯酒下肚，竟然也跟着乱扭起来，扭到灵魂都想出窍，内心平素关着的小野兽轰然出笼而来。

都没有带泳衣。某女脱了裙子，直接下海。后悔不会吹口哨，只好尖叫着鼓掌，然后拿起她的裙子转身就跑，留她在海里气得哇哇直叫。即便对这浮生再多不悦，却总会不经意间遇到些有趣的人，总是些许安慰。

娇小纤弱的另一女，拎着酒瓶说：我要把你喝倒。已经不记得那天的海是什么样子，也不记得月亮是圆还是缺。微微记得，远处有不知名的船，满身亮黄的灯，在夜里闪闪发光，很是耀眼美丽。旁边有人问，我更喜欢夜色下的海，你呢？摇摇头，我永恒地更爱晴日里的海。

**海水如若不是湛蓝色，一如没有温暖拥抱的人一样失去意义。**

## 2

在这个城市，我只喜欢一条路，是那条临海的林荫道。

某年某一个五月，坐车经过，树荫下，细碎的阳光倾泻下来，旁边的海是深情忧郁的蓝。整个人一下就因这情景回到青葱时代。有时候，风景是有巨大魔力的。对此，念念不忘，铭记在心，变成一条刻在心里的路。

之后某人为了哄我开心，在那条海边的林荫路上一直开到迷路，我望着港口那辉煌的灯光，心里欢喜起来。可是，夜晚的欢喜已经变了质，轻薄多了，远没有那个午后的欢喜厚重醇正。

想来想去，喝来喝去，一瓶酒就这样空了。娇女子拉着我的衣袖，晃悠悠地说：你没倒我先倒了，你个骗子。我哈哈大笑。

帮她提着鞋子，突然她就光脚跳起舞来。在那石板路上，在拥挤的人群里，紫色雪纺裙飘起来，她踮着脚，边跳边跑，像只林间的小动物，我抱着酒和鞋子，追都追不上。

总算抓到她了，她抱着我，很开心地笑，可是不愿回家，一个劲嘟囔着：为什么要走，我们转身再回去喝嘛。都哄着她说，下次下次。她恨恨地说：不要再说下次，只要今天，下次身边还会再有一起跳舞的可爱老外吗？不会再有了，就是今天。

几个人就这样在路边恍惚起来。

此去经年，不再是旧模样。**天时地利人和，只得那一刻。那刻圆满了，就是天赐的快乐。**

一如某人念念不忘在西安水库里见着的半个月亮爬上来。一如某天蓝到深情的海水。又如某天在海边举着小烟花，不死心地燃起一根又一根，直至童心大发。

可是，今夜，的确很快乐，快乐得夫复何求？

# 我终于失去了你

## 1

一个女人。

在天河机场。

12 日下午的飞机到银川。

12 日晚，机场通知，西安大雪，飞机延误，期限未知。

她在机场，如女战士奔赴战场一般坚毅地说：不管从哪儿转机，即便转半个中国，我今天一定要到银川。

可是北京下雪，郑州大雪，太原大雪，所有所有北方的城市，好似都约定在这一天。

这个娇媚的高跟鞋女人，在机场叫嚣，我要去银川！我要去银川！

14 日凌晨近 1 点。一天一夜，她终于到了银川。

种种这般，不过是为了一个男人，一个认识了十年仍然不管风雪要向他靠近的男人。

夜奔的双鱼座，迷蒙的双眼突然炯炯有神，遇佛杀佛，遇神杀神，势如破竹。

## 2

一个女人。

在她最美好的年纪，用了五年培养鞭策一个男人，在所有人都以为他们要走入婚姻的时候，她突然告诉我，她爱上了一个比他小两岁的男人，一个除了年轻一无所有的男人。这个从来养尊处优不曾为任何人吃苦的女人，告诉我，她愿意放弃，并且相信现在这个男人将来一定会有出息。

我问她，你真的想好了吗？她只是固执地说，等你见到他再来评判我的选择。

**懦弱的双鱼座，这样义无反顾，举着爱的旗帜，放弃她多年的疆土，投奔一片荒原，闪耀着拓荒者的理想光芒。**

我在这个雨夜，看到她们，无法自抑地心中生出一种悲愤。

手脚冰凉，捧着水杯也无法再温暖起来。

我心底是为她们感到骄傲的，可是悲从何来？

我不再有那么一个不管风雨雷电，都想奔赴的人。或者说，我再也不再有那样一种心情和勇气，不再有宁愿丢掉全世界也不愿意丢弃的人。

我丢了那个纯粹的我。

我终于失去了你。

# 3

深圳纵贯线演唱会。李宗盛在台上演唱：

我终于让千百双手在我面前挥舞
我终于拥有了千百个热情的笑容
我终于让人群被我深深地打动
我终于失去了你

那一刻，我为这几句歌词伤心得无以复加。

夜风冷冷地吹过。

你问：还回来吗？回哪里？彼时彼刻，已经站在完全不同的路上。我失去的是谁，已经不重要。重要的其实是，我失去了当时当刻爱过你的我，我失去了当时当刻被你爱过的我。怎样失去的？何时失去的？印迹已经模糊。说谁对谁错已经没有意义，只怪你我有一颗不安静的心。

夜奔的女人说：有那样一个可夜奔的男人，也未必是幸福的。只是你还那么年轻，却活得太清醒。

亲爱的，我想我是取错了名字，我多想像你的名字那样，“只为欢喜”。

只为欢喜，幸福不幸福，纠结不纠结，都不重要，那一刻觉得欢喜就好。

可是，我已经做不到了。

为这点做不到而悲愤，在这冷冷的雨夜，喝下一杯冰百利。我热爱那巧克力的甜蜜中夹杂着的辛辣，好似年少时在街灯下亲吻一个刚刚抽过烟的男孩。

## 4

有人问：为什么难过呢？我说：只可意会，不可言传。

他说，那么，我们来讲一个故事吧。小兔子要渡河，它是因为没有桨，船坏了，还是因为不会划船而难过呢？

——小兔子难过，是因为回头看，一个人都望不到。

——回头没有人，可是前面会有人啊。

——可是雾太大，它看不见。

——那你让那个人点一盏灯，一定要橘黄色的，因为可以穿越雾气。

我想问：那点灯的人在哪里？

可是突然，就那样变得开心起来，觉得上面这个问题已是多余了。

**留不住的始终留不住，它已经从指缝中滑落，从眼底里溜走，不见踪迹，好在另一只手还攥着一把时光。**在那时光里，或许会变成不羁的风，或者是一只找寻港湾的船。

总归会有个结果的。烧完青春，总得一个大结局。

人生之苦，不是苦行僧。第二苦，是不见来路。第一苦，是不见去路。今天永远都不是最苦的，苦的是昨天或者明天。

那么，让我为你们而骄傲吧，让那些说世间不再有好女人的男人见鬼去吧，让我继续站在这里为你们鼓掌，你们是我心中最美的女主角。**有爱的女人，总得来路去路清清朗朗，对得起自己。**

爱情如鬼魅，听说的人多，鲜有见者。

谁说的？！

# 有一个人，值得你跋山涉水

## 1

多年不见的同学来了，这个城市对他们来说很陌生。

他们说，你没怎么变，除了脸肿了一点。十年或许更早，那时候的我是什么样子，我自己都不记得了。他们笑说，你眼光一直很高。又说，你的人生很顺啊，如今这样挺不错的。

我只是在心中摇摇头，许多话，心底自知。不再辩解，也毋庸去解释。过去都只是过去了，无论当年吃过什么苦，摔过什么跤，于我自己内心而言，都是收获。

艾明雅说，总是记得有天午夜，我短信说，为什么努力、坦诚，却遇不到一个对的人？现在想来，不是自觉失败，也不会在感情中学会知足与宽容。

她说，她妈妈在 QQ 上说，孩子，我现在什么都不怕，就怕你变成剩女。我们一起哈哈大笑，但是内心的苦楚，彼此都太明了。

**这么几年相伴，有些眼泪以及不为人知的苦楚，别人以为你是乐**

**观开朗，只有自己和知心好友才会懂那有多不容易。**

她说，我也快变成女金刚了。现在家里工具齐全，恨不得电灯泡都自己去换，觉得特有成就感。然后两人又哈哈大笑。

当初她也怪我太独立太不宠爱自己，如今也是懂得了，不是要争什么，只是那样一份自在。我们不需要交易，亦不需要交换。把真心亮出来，你是否有信心和决心去做，那就够了。

章小蕙说，早知道就不会结婚了，现在的男子已经看不过眼了。

这时代逼迫着每一个人都去挖金子，但是我相信，每个人的内心世界都有自己的乐趣，不过是隔着肚皮，连自己都很难弄清楚。

## 2

《媳妇的美好时代》据说很好看。

偶然看了一集，余味对毛豆豆的前男友说，我老婆对钱要求不高，但是对感情要求贼高。突然一下被这句话吓到。那个自以为翻身的前男友，以为经济上的帮助会让他们旧梦复原，他不知道，永无可能。

你以为，你失败的地方是在钱吗？

也许部分是，但绝对不全是。假若你遇到的女子，都是因为钱而抛弃你。我相信,第一个需要审视的,那就是你自己。浑身铜臭的男人，难免吸引热衷钱味的女人。

女友的前男友约她一起看电影，她说：我当时心里只有一句话，早干吗去了？情节往往是这样，有一天他回头看，内心说还是觉得她最好。那有什么用？她已经与你没有半毛钱的关系。不要说老天跟你开玩笑，不珍惜就是没有福气，注定的。

剩下的女人都不是真正爱钱的。多年前，一位大叔说，你怎么还不恋爱？我笑着说，找不到有钱人啊。他摇头说，是你看不上。

**是的，现在我知道了。找个有钱人，比找个给予你生命活水的男人，容易多了。**当年在大学寝室笑着说要找有钱人的女子，如今都没有做富太太。所谓的当年，提起来都知道，那只是一句句玩笑罢了。

所谓的人生，就是回头一看，当年都是笑话。

**你在乎的是人生的质量，而不是生活的质量，那就注定，跋山涉水。**希望一切为之跋山涉水的女子，都终得福报。

因为，还是那句，你值得。

## 奔波流离，只为演足一场内心戏

### 1

都看过电视连续剧《奋斗》，我也看过。我喜欢戏里的奥迪车以及张晨光，多过里面的奋斗戏。

里面有奋斗戏吗？有的，夏琳其实是一个特奋斗的女人，只是那奋斗太矫情了。一个爱她到骨子里的男人，把别墅的钥匙递给她，她觉得那是特别不堪的一种炫耀。她嫉妒她的男人，她不比他差，只是没有一个好爹，她内心不平。

这种矫情范儿，在电视剧里看着，真的特傻，傻到不行。但是回头想想，年轻的时候，谁人不矫情？不矫情地奋斗一把，枉年轻那么几年。

我毕业时，大学风气已经烟尘滚滚了。朋友介绍了一个结婚狂男人给我，在江边上，此人意气风发地说，跟了我，工作你不用愁了，我的某某亲戚是某某领导。就这一句，激起了我的内心戏。我特别威武地跟他说，过几天我就去深圳了。

江边的小风吹啊吹，奋斗的内心戏飙啊飙。

后来遇到一个地产商，告诉我他有多么豪华的度假山庄。他赤裸裸地说，你这样家庭的女子，不可能没有野心啊。我也赤裸裸地告诉他，是，我有事业心，我有名利心，可我看不上你。

我还以为大家都和我一样，挽着袖子，准备大干一场，以为自己傲然地维护住了什么。后来一看，把感情当踏板的，如过江之鲫，只是我等浑然不知。

你以为我早熟，其实我对这世界最赤诚。

你以为别人看不穿，其实人家对这世界最有办法。

## 2

我们这样内心戏太多的人，每往前走一步，都要累得多。

都是一样卑微低头，人家可以倒头就睡，我们是一片波澜。都是一身衣服一双鞋出门，我们肩上有看不见的巨大行囊，装着童年、回忆、恋旧、思念、贪欢、伤痕、小情绪、小自尊，甩不掉。

这样的路如何不久远？

我还记得，那个时候连着搬了三次家。和同事合租，她当二房东。有同学来找工作，暂住我那儿。第二天我上班，接到同学电话，一句话没有，只听到哭声，慢慢才听明白，是我同事的妈找她收煤气费水费。我班也不上了，跑回去跟那个老女人理论，气急败坏之下，不争气的眼泪流下来。都是当娘的人，怎能如此刻薄别人家的孩子？原来，跟你为难的不只是那些不相干的路人，比如老板，比如上司，还有你以为那些貌似像个人的人。

那时候我还是一个赤诚的人。我帮朋友在公司谋到工作，请很多很多人吃饭，大清早去火车站接一个我叫哥哥的人，提前帮他找好房子安顿好他。

到了后来，这其中的人，没有谁主动和我保持联系，连近况亦都不曾主动说一声。

**这个城市，我曾经付出了那么多努力来抗拒它扑面而来的疏离感，原来只是一场独角戏。**人人都知道快速遗忘，轻装上阵，只有你以为可以留得住什么。

不知不觉，就那样变成一个冷漠的女子，对不相干的一切都漠不关心起来，再也提不起兴趣。

所有的戏码，正式都回归到内心，缱绻在内心，再也不肯轻易放出去遛遛，哪怕是再多醉人的酒，再迷离的夜晚，也不肯透露。只是遇到同类时，眼角才会闪烁一点喜悦，但绝不会热乎地去招呼。也是从那个时候起，不再喜欢解释、妥协，还有不在乎路人。

**原来，变成他人眼里的强大女子并不困难，只是比常人更特立独行，更能面对，更能担当，且不吐露这些。**

## 3

从住城中村到筒子楼，到民房，到公寓，每日下班，眼疾脚快地挤上公交。这些都只是最最普通的必修课，无人仰仗，也从不向父母诉苦。

别人喊母亲来陪住，每日做好饭菜等自己回家。我却断然做不到，总是回绝家里说要来看看的愿望，我不想他们看到那样白天都阴暗的屋子时老泪纵横。

有时候想想，这样是为了什么？不只一次，他问我，趁我还没退，回来当个公务员，不好吗？是的，不好。既然放弃了，只能努力证明自己的选择是对的。

我对自己的固执无计可施，因为它正是遗传自你们。

但其实，我又做了些什么事呢？既改变不了家族的命运，也改变不了旁人，只能说，如今确实比过去过得好一点，聊以自慰。

人家有风风火火的业绩，又忽悠了多少客户，又多赚了多少钱，又升了职。我们站在旁边，自知怯懦，羞愧得不敢出声。

人家要周游世界，要泡多少妞，要甩多少个踏板，要买怎样的大房子，要买怎样的奢侈品。我只希望，不要等他们老了，需要我的时候，我除了眼泪，毫无其他任何能量可以提供。

想当年，我憎恨他们的管制，我日思夜想要逃离他们的掌心。到如今，心心念念的，还是靠自己的力量让他们骄傲。

这是宿命。

小的时候，看他们奋斗的背影而不自知。现在，我变成了一模一样的人。

# 因为你，所有流年都是陈年

## 1

我不再迷恋甜食。偶尔在咖啡厅点一个芝士蛋糕，也是因为想念艾明雅。吃到一半，已经觉得发腻。

可我依然相信，我会爱一个人，嫁给他，为他生孩子，与他到老。

都说电影《山楂树之恋》纯得很蠢。无数的人嗤之以鼻，不上床就叫纯吗？我早已不是一个纯的女孩儿，无论是身体还是心思，但我喜欢这个电影，并且毫不吝啬地在影院贡献了自己的眼泪。看电影的时候，前排坐着一个大叔，看到最后，他的眼角分明也有泪。

当初，张艺谋身边所有的人都反对他拍这个故事，业内甚至有人毫不留情地说，这将是一个巨大的失败。我听到圈子里的人讲这个的时候，真的觉得搞笑。什么《满城尽带黄金甲》，怎么没有人预言它会失败呢？我想，张艺谋坚持要拍这个故事，因为他当过知青，因为他也一定那样爱过一个人吧。

如今的天下，纯情是没有市场的，连打着纯情旗号的宣传语也饱受嗤笑。装纯情，才是撒手锏。

这世界上，不管是一本正经内心渴望制服诱惑的怪叔叔，还是吹捧纯情 AV 女郎的宅男们，说到底，谁不想遇到一个美眉，然后再将其拐带上床？

我不是不相信他们心中还有爱，我只是讨厌反贼觉得比内奸更高尚。

## 2

《锵锵三人行》，窦文涛、梁文道、孟广美一起讨论，什么才是真正的纯？

梁和窦说，他们遇见许多 40 岁的女子，她们当然做过爱，并且还将继续做，但他们依然觉得她们很纯，有一颗很纯的心。他们笑说，比如孟 MM 就很纯啊。

梁说，这都是中国男人的处女情结作祟。

这不是处女不处女的问题，20 岁的非处女和 40 岁的非处女，叔叔们会选谁，答案显而易见。

青春小肉体，洛丽塔再邪恶也是洛丽塔。

成熟的果子，馥郁芬芳，能欣赏的，始终是少数。那并非是他们层次更高，而是能被欣赏的成熟女子一定是放光的，有眼力的都会看到，她们本来就够好。

就像林青霞看着继女泛着光芒的皮肤，感叹年轻真好一样，我也会感慨，小萝莉们散发的荷尔蒙确实不同。**但我永远相信，女人活久**

**一点，才能感受到真滋味。**

昨天的《天下女人》,嘉宾是杨紫琼。虽然她笑的时候抬头纹立现，虽然那脸颊和唇色当然不复青春时的光彩。可是，第一次，我觉得对面三个女人在那样强大的气场之下，光彩立减。她没有带钻饰，就像突然在咖啡厅遇到了她，于是看到她们聊起天来。旁人即便不认识，也一定知，这个女人不可小觑，那潇洒的风流，绝非可练习出的。

他们说，女人 40 岁最怕没有钱。

看到杨紫琼，我觉得，女人到了年纪，最怕的是活得不够潇洒。因为，有钱未必潇洒得起来。

就像《剑雨》里的细雨。当那些她曾经的杀手同伴看到她嫁的那个男人时，无一不惊诧和轻蔑。可是于她来说，找到一个让她可以放下过往的男子是多么难。

杨紫琼说，起初他就对我说，我就是他认为最完美的女人的样子。杨澜问，你相信吗？她说，为什么不信呢？

是啊，为什么要怀疑呢？不用他说，她亦是许多人眼里的完美女人，只是他能打动她而已。

## 3

艾明雅写，最后的最后，我们成了那个最好的人。

其实，我自己心里清楚，虽然要感谢那些忍耐和坚持，但最要感谢的依然是老天。

**当你明白你需要的是什么的时候，遇到一个可以让你落地的男人，**

**这不能不说是运气。**

昨夜睡得迷糊之际，小红帽问，你爱我的什么呢？

不是因为你帅，不是因为你的才华，也不是因为你的前途光明，是因为你点亮了一盏灯，我靠近一看，那里确实是我想去的地方。

有些人，你知道他爱你，可是你也知道他不会只爱你。

有些人，你知道他爱你，可是你不知道什么时候就不再爱。

有些人，你知道他爱你，可是你知道，你们不会有结果。

但凡种种，缺乏笃定的世界，迟早会让一个女子失心疯。

有些男人，早已不再相信他会爱一个人，娶了她，与她生孩子，与她到老。或许，他们相信，只是不相信自己可以做得到。

他不是你要去的地方，逗留得再久，又能怎样呢？

我亦知道我有多好，但我只稀罕他知道我有多好。

因为他，年华似流水，却不再让我觉得稍纵即逝，过眼云烟。

最后说一句，孟广美嫁人了。八卦杂志终于又有新闻炒，负债的过气女星，咸鱼翻身嫁富豪。

她若想咸鱼翻身，不用等现在。再过气，好歹她也曾是名模，想嫁个暴发户比普通女人容易多了。

希望她幸福，真的幸福。

# 一辈子做女孩

## 1

如果你没有看过原书，你一定觉得这是一个无病呻吟、没事找事的女人。莫名其妙要离婚，然后周游世界寻觅安宁。

如果你看过原书，那么你又会觉得，对于编剧而言，要从一部流水账里截取最动人的部分，组成最完整的故事，的确是很困难。

这就是茱莉亚·罗伯茨主演的《美食、祈祷和恋爱》，原书作者为伊丽莎白·吉尔伯特，该书还有另一个译名为《一辈子做女孩儿》。

不管怎么样，画面果真美得令人心旷神怡。罗马和巴厘岛，都是人间天堂，因为他们都相信自己生活在最美的国度，并且生活在最懂得快乐的人群当中。

罗马人说，我们是世界上最懂得享受的、无所事事的、快乐的人群。

巴厘岛上的人说，我们就站在世界的中心，我们就是世界的中心。

我喜欢罗马那旧旧的街道，我喜欢巴厘岛上的人身处稻田与鲜花当中的房舍。

而我们所在的城市与国度，日渐面目全非。

这是一个在扬新的同时毫不留恋地弃旧的国度。迟早有一天，我们只能见到崭新的一切，越来越躁动，失却了一个城市积淀的良心。

可是我们又能怎么办呢？

在纽约，她半夜醒来，周遭的一切没有给予她任何幸福感。

当她背着行囊离开时，她的好友望着她说，其实我也希望像你这样丢开一切。

谁都有这样一个理想。可是，把所有东西打包塞进仓库，然后用所有的钱去旅行，不去想，等我回来之后我住哪里，我该怎么样生活。这是太困难的一件事。

**人生最难的不是向前走，而是难以免俗。**

我们中的绝大多数，都没有勇气去突破俗世的规则与思维，只能在自己的小世界里折腾与牺牲。所以，要平衡，谈何容易？

## 2

好多年前，我读这本书的时候，正好是我最低落的一年。

但我为自己骄傲，勇敢舍弃，从头开始。低落是我必须要付出的代价。

当我重新从最低处开始做起，当我重新回到这个城市生活的时候，这本书给予我莫大的勇气。

在那之前，我时常在深夜里睡不着，痛哭不已。

**我终于意识到，不管他是什么样的男子，他都没有资格这样将我的世界搅得天翻地覆。**

然而我没有能力去旅行，我也没有机会这样做。我只能重新回到原先的位置，其实是比原先更低的位置，在这个城市里重新努力奋斗。

那个时候，我已经有一年不和外界接触，不工作，很少外出，不去美容院，不去商场，甚至连基本的护肤也已经漠视。

然而，从舍弃的那一刻起，我其实就已经站在平衡点上了。这是我日后越来越深刻领悟到的一件事。我不再躁动、懒散，亦不再有许多借口和理由，亦不再去抱怨这个城市的冷漠、疏离。

我的内心平静清醒，在最琐碎的日子里，最平凡的朝九晚五的生活，在我眼里充满着希望与乐趣。

最重要的是，我没有丧失对爱的信心。

不管是在罗马还是巴厘岛，别人问，你结婚了吗？你需要一个爱人。她不以为然，并且装作毫不在乎的样子，一个貌似强大的离婚女士。她没有懂，罗马和巴厘岛的幸福，恰恰是因为他们永远不会因为伤害而对爱失去信心。

她自己最清楚，所有的不平衡，与婚姻无关，与伤害无关，与任何都无关。她身上其实有许多凯莉的影子，甚至是亦舒。

## 3

她们都有追求理想的翅膀，也有爱慕虚荣的泥足。她们都觉得自己的理想高于一切，当对方不满足她的虚荣时，她就伤心失望，却不知道这些并不是生活的常态，也不能成为生活的常态。

这是女人内心矛盾的最大根源。矛盾成就了许多女人，也毁坏了许多女人。是被成就，还是被毁坏，就看你在自我理想与俗世虚荣中的平衡功力。

我喜欢无牙的巫医最后说的那句话：因为爱失去平衡，是人生平衡中最重要的一部分。

他希望她不要惧怕爱，在恋爱中微笑，用心去微笑。他问她，你会永远微笑、永远禅思吗？她说，是的，我会。

他曾经送给她一张画，一个人应该用四条腿站在地上，然后用心而不是用眼睛去体会这个世界。

她终于懂了什么叫随心而动。**你内心的平衡，最终靠的还是自己的内心。而我们，都还有很长的路要走。**

# 你总忘记，你已长大

## 1

关于纠结，无人可以幸免。

不同的不过是甲之砒霜，乙之蜜糖，各为各自的纠结狂躁。

但总结起来，起初的原因，也不过就是这些：

牢记着起初的模样，紧张地追着时间跑，忘记了自己很多东西业已改变。就像很多人小时候怕小虫子、蟑螂或者青蛙，二十年之后，她早已有力量可以拿拖鞋直接甩过去，可是她心理上的恐惧仍然停留在 10 岁时的模样。

人类关于恐惧、失落、自卑等情绪的记忆根深蒂固，难以忘怀，经年无药可解，除非下猛药或者得稀世良药。

所以，害怕关灯睡觉的孩子，无论多少年后还是习惯开灯睡觉。所以，蜷缩睡觉的孩子，无论多少年还是自己紧紧抱着自己入睡。

所以，长大后的美女未必会以为自己是美女，因着年少时那些被奚落被排斥的记忆。

所以，翻身后的富翁未必会真正觉得扬眉吐气，因为内心的自卑无法消解，如影随形。

所以，已经成长为理性武断骄傲嚣张的男子，还以为自己应该配的是纯情痴傻的小少女，忘记了他长久需要的是一个对手而非玩伴。

所以，已经可以翻手为云覆手为雨的女子，还以为自己需要被主宰被呼来喝去，以求多年渴望的被征服感，忘记了她早已不会以此为乐。

所以，习惯了在另一个世界里走来走去的灵魂，内心总是惦记着另一个不对等世界里的旧有灵魂，以期努力拯救它，忘记了那不过是一个虚无的影子，那不过是一个关了灯在墙角虚张声势的纸老虎，何用害怕？更哪里用得着拯救什么？

## 2

你以为你还是那个站在街角等着骑自行车少年的女孩儿吗？不，你已经是一个可以随时买张机票飞到任何地方的成年女子。

你以为你还是那个被伤害了躲在被子里哭的女孩儿吗？不，你已经是一个可以在许多人面前神采飞扬自信满满的成年女子。

你以为你还是那个没了爱情全世界都崩塌的女孩儿吗？不，你已经是一个努力经营，为自己建立起很多其他人生支柱的成年女子。

那么，你还怕什么？你还是怕他觉得你不够好，怕他觉得你不够美，怕他爱上其他女子吗？

曾经的曾经，爱情真的是毫无道理可讲的年代。爱无道理，恨无道理，吵架无道理，分手无道理。到真的我们用道理来看待社会、家庭、人生、婚姻的时候，却忘记了你其实已经懂了那些道理，你根本不用在面对一个男性世界的时候，再觉得不可理喻。

一个女人的成长和一个男人的成长，都是一辈子的事情。

智商和财商过度增长，情商却不增，这样的畸形成长，是纠结最大的祸根。

朋友的女朋友，叱咤圈内的金融女强人，却是一个饱受家庭暴力的女子。每次离婚，却又忍不住去求着男人复婚，因为别墅是他的名字，车是他的，连带孩子的精神世界也由不得她主导。

我们害怕这世界不由我们，所以努力经营小世界，给父辈们依靠，却不记得让自己以一个成年女子的心态去经营生活的那些细节。

**我们努力去拥有成年人的行为能力，却忽略了去拥有一个成年人的处世能力。**

你以为你已经可以消费得起一个貌美如花的女子，却不知道你贪求的从来不是这些，那不过是年少时的一个幻梦。

你以为你已经足够能吸引一个挥金如土的男子，却不知道满足你的并不是那些，那不过是生活十分之一的所需。一千万和一百万对于生活而言，并不一定会更幸福。

你以为你需要的是一个主宰你全部精神世界甚至呼吸的男子，却不知道那不过是个绮梦，是从 17 岁就深藏在脑海里的爱情故事桥段。

就像你曾经以为，你恨你的父母，你怨他们的蛮横粗暴，你怪他们的冷漠疏离，却越到后来越发现你心系他们，无法更改。

而随着这些观念和思维里的空间错位感，我们的某方面能力越来越强大，强大到可以改变自己甚至是别人的那部分世界，可是我们对某一方面的自己也越来越感到无能为力。是的，发自肺腑的无能为力。

我们会习惯拿自己的优点去要求别人，然后再用优点说服别人去包容那些自己的无能为力。这点，在成功男人身上表现得最为淋漓尽致。

## 3

谁都有自己的无能为力，我不敢说我可以勇敢地时刻面对它，但是我会努力不拿这些无能为力作为推脱的借口或说辞。

是的。因为我爱你，所以我会去适应然后包容你的那些无能为力。

是的。因为你爱我，所以你会去纵容然后忽略我的那些无能为力。

而现在的世界，不是这样的。

因为你某方面的强大，所以我爱你。然后，我发现了那些你自己都无能为力的男人的弱点。

因为我某方面的美丽，所以你爱我。然后，你发现了那些我自己都无能为力的女人的弱点。

见过那么多的人，听过那么多的故事，其实谁都在不可避免地被伤，也伤人。普通人的感情，甚至普通人的一生，区别只是早或晚而已，大致轨迹都差不多。年轻时遇到一个人渣，然后不断变换感情价值观，然后嫁一个觉得可以嫁的男子，然后有一天看到镜子中的自己，确实是自己，却很恍惚。

迟早有一天，对于自己，似曾相识，想不起什么时候见过，反正曾经是个熟人。

而关于伤痛，每个人受伤的时候，都会说，我宁愿他是那样，为什么一定要这样？为什么不早点说出口？为什么是从另一个人口里得知？为什么全天下的人都知道了，我才知道？为什么要欺骗？

这些苦楚，我全尝过。**人生就是这样，明知道你最忍受不了的是欺骗，却偏偏让你一次一次被蒙在鼓里。**

## 4

《欲望都市》有一集，凯莉昨夜刚和那个男人温存，起床的时候发现一张便条：对不起，我还是做不到。

于是她耿耿于怀，为什么一定要用字条说，不能当面讲吗？这个胆小鬼。后来在酒吧遇到那男人的朋友，她愤愤地说起，以为她是这一天世界上被用最倒霉的方式分手的女子。不料这群男人丝毫不以为然：你们女人说得那么大方，真要当面讲，还不被骂得狗血淋头。万一又哭又闹又上吊怎么办？

男人总不能相信女人可以和平分手。

总之，听完那一通辩解之后，凯莉总算是知道了，对于感情，男人要懦弱得多。逃避、闪人、消失不见，不是女人的专用手段，男人更需要。**任何一个表现过正义感、责任感、孝顺等种种品质的男子，都不意味着他们有道德去选择一个好的理由好的借口。**往往糟糕的是，他们反而认为逃避是最好的方式。是的，连最后一个发泄的机会也不给你。不过现实中，甩得出巴掌，泼得出开水的女子又有几个？

所以什么方式根本无所谓，重点是这个男人反正已经决定退场了，你何苦还哀伤那下台的姿势不是你所喜欢的?

这点懦弱，在移情别恋时表现也更为明显。当时当刻，有人给了温暖，有人给了支持，有人给了帮助，于是家里那个给予过温暖支持帮助的女人就 OUT 了。

## 好姑娘都站在人渣的肩膀上

《摇摆的婚约》，一个百无聊赖的下午，这样一个毫无悬念，可以边倒水，边去削个苹果，都能继续接着看的肥皂电影。

但是，我的心在某一刻被刺痛了。当那个男人已经铁了心在婚前选择另一个女子的时候，姚晨还在那儿没心没肺地说些有的没的，还在说过几天我们就可以睡一张床了，还在撒娇说小心我不嫁你。

这真是又想哭又想笑的桥段。

恋爱中有两种女子：A 类是无时无刻不放松警惕，不忽视任何一个细小的苗头，并且坚决扼杀在萌芽状态。她们的爱情是圈养的，男人被拴着链子但永远有颗出门遛遛的心；B 类是一恋爱，雷达系统就全数瘫痪，看不到听不到，看到听到的第一直觉都是相信。她们的爱情是放养状态的，善良地相信对方的善良。

我属于 B 类。他说是，我不会去想到否。这是天性，不会更改。

就像电影里，明明他的犹豫他的冷淡他的逃避都表现得那么明显了，她也只是以为他忙碌，好心帮他照顾失业的朋友，不知道那边妩媚的女精英已经成功擒获猎物。

**善解人意只在两情相悦时起效果，其余时候都是累赘，关心是累赘，交谈是累赘，所有习以为常的做法都是不够理解。**

爱情往往是这样，初始的时候，什么都是特别的，什么都看着像注定的，苦的也甜蜜，下雨也是喜雨，旁人最好只锦上添花即可。等到了尾声，特别都没了，注定也溜走了，所有的运气都不见了。原来，他也不过是一个普通人。原来，爱情的另辟蹊径都是假象。

但是，你要因此而否定什么吗？

明天总会有可能下雨，难道淋过一次瓢泼大雨，你就永远不出门了吗？

爱情、人生就像这天气一样。晴天雨天都是必经，一直都是晴天，一直都是雨天，都是灾难。风水总是轮流转的，能转到你这儿，就不要浪费机会，不是谁都有机会知道天空真的可以是玫瑰色。

总还是要出门的。总有一天，真的连鬼都撞不到，也就老了吧。爱情这东西，享受的时候一定要花两百分的精力去享受。这样，才够本儿。不过，最最重要的是，人渣，遇一次就好了。第二重要的是，淑女这角色，遇完人渣之后，也可以扔了。第三重要的是，我发现遇到过人渣的女子，才有可能变成最好的女子。她们看得更远，活得更豁达，往往因为站在人渣的肩膀上。

# 这个城市处处都是拜物教

## 1

一路丢弃，一路充盈，跌跌撞撞，在这个城市，第五个年头。

起初，只得一个箱子，只得一间房就足够安身立命。

然后，辗转搬家两三次，每次都丢掉一堆，可还是塞满了整整一间屋子。

离开的时候，只有一个小包，但没有以往的那些，日子还是过下去了。整整一年，不需要护肤品、化妆品、围巾、鞋子，甚至简单的裙子亦没有怎么穿过，短发亦在不知不觉中长过肩膀。

再回来，仍是只得一个箱子。与三年前的箱子，是同一个。那是我读大学，第一次离开家独自生活，全家人一起去挑的，不过一百多元，竟然用了那么久。

从头到脚所有东西都开始重新添置，包括锅碗瓢盆，拖把扫帚甚至牙刷梳子。

一年之后，再搬家，和丸子两人的东西全部打包收拾完，装满了十个纸箱子，以及五六个大箱子，再加上桶盆全部利用上用来盛放物品。

从此之后，搬家再不是一两个箱子可以搞定的事情。

从此之后，连一根发卡都亦装进袋子里拿走。

时光它带走的东西一大把，记得的不记得的，多如毛发。面对蛮横粗暴的时光，每个人隐含着对自己的歉疚感，把自己变成一个拜物教教徒。从一个习惯甩掉束缚的孩子，变成习惯被某些物束缚的成人，以此对抗时光，绑住自己，不再漂啊漂。

到了这个时候，你才明白，有些渴望和无奈，它真的就是发自内心地往外喷涌，由不得自己。

一边日益独立，一边渴望相聚，甚至对从未好奇过的旧同学产生了八卦心理。

偶尔害怕寂寞，偶尔渴望寂寞，甚至有时候只是仅仅希望身边有个气息就好。

**越来越了解自己，却也对自己越来越无能为力，甚至会去讨好自己，因为知道无法避免委屈。**

似乎有很多话想说，却常常不知说什么好，有时候是话痨，有时候似得了自闭症，左右调换，就像生理期一样按期来到。

这一切需要理由吗？不，很多事，我们都不再需要理由，甚至觉得理由是多余的负累，巴不得视而不见。

## 2

这个城市，到处都是满腹心事的拜物教徒，却不知道庙堂在哪里，所以心事时常无处诉说，也不知从何说起，好像说起来都变成了 long long ago 的故事。

走过的路，有些很熟悉，有些很陌生。躺在床上，周遭一切都很熟悉，只是屋子很陌生。

朋友很熟悉却难相见，同事很陌生可是天天见。手指很熟悉，掌纹很陌生。面孔很熟悉，细胞很陌生。

会有一种错觉，觉得自己看到的自己，和别人眼里的自己，一定是两个相似但并不相同的人。不然为何明明心情不错，却有人问是不是没睡好。又或者熬夜完毕，却被人觉得美得冒泡。

但是，这也真是有意思的人生。

**物质变成测量精神的温度计，每一种被你崇拜的物质，都指向心里的某一个缺口。**

每一年，每一季，我都在寻找新的填补对象。

于是，我知道，我渐渐变成了一个害怕颠沛的人，我渐渐渴望有个熟悉的气息熟悉的身体。我开始在丢弃时犹豫，在充盈时懦弱。

但重要的是，此时此刻，才真正开始体会什么叫珍惜。

## 快乐，就是今天与昨天不一样

某天临近黄昏的时候，收到希子姑娘长长的短信：“亲爱的，我终于通过了一个小考试，很开心。现在坐在一个安静的地方看新一期的《城市画报》。这一期有写厦门一个叫植物时光的餐厅的文章，此时开个小店的梦想越来越强烈。真的好爱厦门那个小岛，在那里好像一切都慢了下来。你最近的文越来越好了，人也越发通透美丽，要一直这样。Wish you.”

### 1

这条短信这几天一直在我脑海里翻来覆去地出现。于是在某天回家路上，买了新一期的《城市画报》，十周年特刊。正红的封面，白色的字写着：“你快乐吗？”于是又想起奶茶说的那句话——当你独自一人的时候，说一句“我很好”，听自己的声音是否越来越大。她说，她试了，发现她内心里的鼓点伴着这句话响得越来越强烈。

你快乐吗？在《欲望都市》里，夏洛蒂说：“虽然不是每时每刻都觉得快乐，但是每天都觉得快乐。”这个回答令其他三个女子怅惘了很久。她是最简单的女子，因为她信仰真爱，最简单的理想不过是希望她和女友们都能觅得真爱。

你快乐吗？虽然不是每时每刻都觉得快乐，但是每天都有快乐的时候。这是我的答案。

对于女人而言，小忧郁那么轻易随时随地而来，但只要你愿意，总有安慰出现。

我喜欢睡黄昏觉。据说下午 4 点的睡眠可以如午夜时一样深沉，黄昏时沉沉睡去是美事，可醒来时望到一片漆黑，又饥肠辘辘，那失望和悲伤就会突如其来，闪电般击中你。

这个细微的忧郁，从来不曾有人知道。可是，有一天，你忽然遇到和你那么相似的女子。然后，某一天，黄昏觉醒来，她的短信也随之到来：有没有醒来，给你个短信让你醒来时感觉好些。那一刻，仿若晨起浑浑噩噩时，喝了一口茉莉香片，唇齿生香，沁人心脾。

**每天都会有觉得快乐的时候，倘若你不那么追求结果，总会发现过程中的美丽。**

## 2

《城市画报》十周年策划了一个活动，在全国选择一百个人去一百个有趣的、快乐的、创新的、给予启发的工作岗位上体验一周。这一期，有人去做熊猫饲养员，有人去做古琴制作师，有人去茶田采茶。而我最喜欢的岗位，当然是希子说的在植物时光里做服务员。

朵朵和芳姐，两个超过三十岁的女人，厌倦了白骨精的生活，在厦门的巷子里开了一间餐厅，店里有一百多棵植物，没有荤食。她们在全国各地招兼职或长期的服务生，在店里服务可以享受免费田园餐，免费住在鼓浪屿背山靠海的房子里，采果子、逛巷子、逗猫，工作两天休息一天。

年轻时候，我们的梦想里，总有一个梦想是和开一个小店有关。当年，我梦想着开一间花店。然后某人说她要开一个酒吧，又有某人说要开一个书店，我们计划着将来的一天，把店开在同一条街道上，每天插科打诨，逗弄顾客，去各家串门，还要把那条街命名为“敏思路”，门牌号就是“敏思路某某号”。如今，除了记得这个梦想，再也没有一个梦想是和开一个小店有关。

像我这样不善营生的人，当梦想和生计有关的时候，梦想所有的颜色就会变得晦暗。

开一个小店，就像满头乌黑长发，就像满手发光的长指甲一样，适合抚慰有钱有闲的时光。

## 3

**在红尘里打滚的我们，只能盼着心凉时喝一碗热汤，疲惫时睡一个黄昏觉，加班时有人送消夜。身体舒适满足之后，再来一点点突如其来的小快乐，就是幸福了。**或许有一天这样的幸福已经远远不能满足我们，但我想，总能做点什么是可以让自己快乐起来的。

其实，快乐是什么呢？实习的女孩儿问茶农，每天重复这样的工作会厌倦吗？他们笑着说：我们这里的风景，那么美丽，而且每天都在变化啊。

我喜欢抬头望月亮，然后告诉身边的人，你看今天的月牙儿多清亮窈窕。又或者开心地说，怎么今天的月亮被人咬了一口？

倘若今天没有月亮，那还可以看到白白的云被夜风吹着匆匆地跑。倘若没有云，那还有花开。倘若没有花开，那还有甜点。总会遇到不同的人，总会发生有趣的事，总会有与昨天不一样的快乐出现。

我对我的乐观与倔强同样无能为力。

我对我的骄傲与卑微同样无能为力。

我对我的失败与伟大同样无能为力。

我对我的敏感与冷淡同样无能为力。

但总体来说，我是爱自己的，并且是快乐的。

# 那时候，你爱谈天我爱笑

## 1

多少以人生导师自居的人们，总爱叮嘱别人，不要走着走着忘了初衷。其实恰恰相反，不是我们忘记了初衷，而是初衷渐渐变得没有想象的那么重要。

有二十出头的女孩儿问我，十二，你说女人一定要结婚吗？当然不是。**婚姻并不是人人都适合，它只是一种生活方式，一种人生体制。可就是因为它是一种强大的体制，要拒绝它，需要有强大的勇气和力量。**她说，我想我没有那个勇气。

可我想，对于女人来说，不是有没有勇气拒绝世俗的问题，而是有没有勇气坚信自己的选择。坚持等待，坚持嫁给自己认为对的人，坚持自己，这都是一种坚持，这都需要勇气。我觉得许多姑娘的人生并不悲惨，感情也并不惨痛，婚姻也并不无望，是这社会是父母是周遭逼得她们觉得一切都不如意。

其实如果能永远恋爱，其实如果永远能遇到让你快乐的男子，那样未尝不是一种不错的人生。幸福从来不是只有一个形状，我们也不需要对号入座。因为你的命运和运气，未必与你的初衷结伴而行。

杨千嬅嫁了。婚礼上,“大笑姑婆”数度落泪。她说,在遇到他之前,以为这一生是不会结婚了。在她说那一句的时候，我不知道梅姑是否在天上看着她。

林青霞嫁了,李心洁嫁了,刘若英嫁了……虽然她们身边的男人,我们并不十分认可。谁都希望看到金童玉女有完美结局，如电影里一般。

爱是一种逃不开的宿命。不管说我累了，我不敢，我再也不想去爱谁了，却还是难免会落泪会想念会心痛。

## 2

每个人的青春里，都有一些从小就觉得自己长得倾城倾国的女孩儿。她们目空一切，很早就知道如何获得异性关注的目光。她们懂得撒娇耍性子使坏，让你不知所措。

但总还是有永远与你同进退的女伴，甚至上厕所也要一起去。你们分享所有的秘密，分担所有的悲伤与担心，让彼此觉得不孤单。尽管你们根本不会想到，有一天你们会在各自不同的城市，扮演各自不同的角色，从此，音讯全无。

还有一个傻乎乎的男孩，在每节下课的十分钟里，下楼给你买可乐、巧克力、水晶之恋，然后塞到你的课桌里。还有那些从窗户边经过的隔壁班男孩，偷偷不知道在望谁。

故事的开头都是同样美好，只是几年后，世界并不像电影里那样完美。她没有成为新锐设计师，他也不是摄影新秀。可是，也只有在电影里有那样完美的故事了。我们热爱 happy ending，不管是否突兀、毫无逻辑，我们就是为在那最后一刹那，跟着猪脚一起心动一起满足。

谁都有过美好的初衷，那时候，你爱谈天，我爱笑，我们拥抱着说要创造一个属于彼此的美好新世界，以为那就是幸福。**然而，冰与火的城市，太容易让人感觉到恐慌。**于是许多人都选择了并不符合初衷的婚姻，来让自己别那么害怕。

## 3

一个朋友对我说，每次妈妈伤心的时候，她就拿出一张照片给她看，问她：这个人很帅吧？他是我曾经的男朋友，他非常非常爱我，可是，我没有嫁给他。

因为懒散，因为不想努力，因为受不了相濡以沫的艰苦，所以为了衣食无忧，选择了明知不幸福的一个选择。于是，他成了她后半生的安慰，在伤心委屈失意的时候，看着他的照片流泪。

这个城市有许多这样的故事。**婚姻与爱情都是你自己的镜子，可以照到你自己的懦弱与需求。**屈服于人性的弱点，不是丢人的事，只是从此没法再回头了而已。

初衷是什么？一对年轻的男女相爱，后来他考上了大学，她却落榜了。开学在即，她在他面前痛哭，于是他没有走，于是他们变成了小城里最平庸的一对夫妻。

初衷是什么？年轻的男女来到陌生的城市，原本他们都以为会相爱一辈子，结果柴米油盐原来具有如此巨大的能量，能让人开始怀疑，开始不自信，开始动摇。于是，他们后来各自选择了另外的伴侣。

我要幸福，这句话听起来温暖美好，内里其实是无休止的较劲与坚持，要与懦弱较劲，与脆弱厮杀，与孤独拼抢。世间安有双全之法？

李宗盛唱，我终于失去了你，在拥挤的人群里。

各有各的选择，各有各的幸福，各有各的不幸福，冷暖自知。**不是我们忘记了初衷，而是初衷渐渐变得没有想象的那么重要。**只有记忆中，你爱谈天，我爱笑。

然后，我们继续努力做人。

## 有时候，修炼是一条不归路

### 1

有一天，不会再跑再跳，不会再突悲突喜，据说这就叫稳重，一个爹妈一直以来希望子女企及的高度。

有一天，发现原来稳重就是温吞水。这世界最难喝的就是温吞水，无味无色，不凉不热，平庸得要死。

对有的人来说，这是迟早的事，无师自通。但是对有的人来说，中庸之道，一生都学不会，是他们自出生就缺失了的。

偶尔我也讨厌某些时候的状态。计算成本，时间成本物质成本。计算所得，当下所得未来所得。我怀念只是在某些片刻的喜欢，只是为一个封面一句话就掏钱的时候。

可是，怀念的那些时候都已经面目模糊。

我并不悲伤，因为当看到如同过去的我一样的孩子的时候，我也并没有觉得欣赏，下意识地只是想去告诉她应该如何做。纯真简单，激烈热烈，这些态度，值得怀念，但是不值得保有。

一如有些人有些事，物是人非。你也不过只是想感叹，并不想挽回什么。情绪迟早有一天和结果天差地别起来，因为曾经不以为然的太多事都被应验，固执倔强并不能改变一些命中注定。这世界上最值钱的品质，是倔强。这世界上最不值钱的品质，也是倔强。可以倔强的，我们放弃了。不能倔强的，在头破血流之后，也终于还是放弃。今天之我们，被成就出一个似我又不似我的自己。

## 2

故友见面，他的婚期就在这个月。原本以为会结婚的那一个，却因为各种各样的原因分手了。最后结婚的那一个，却是从未想过的那个，一句戏言竟成真。

但还是有那么多的女子纠结于他最爱的那个不是我，他心中想念的人是她。抱着如此之态度，即便找到那个最爱你的人，结局也一定不会完美。

**婚姻那么沉重的话题，其实说起来无非也就是两个字：放下。放过自己，放过别人，便能如意。**

某天一个人孤枕难眠时，噩梦连连，总是觉得不完整。不要等到那时候再去怀念，彼时的怀念太过苦痛，因着还有一份想追回的心以及一份明知不可追的理智。

该出手时就出手，该放下时就放下。所谓的寻找，原来只是为了寻求美满，结果却是越找越不美满。因为美满在于平和之后的自身坚实，而非真的是那个天造地设的契合。

有些人越修炼越曲高和寡，那是魔道；有些人越修炼越圆润谦和，那是正道。这世界，越来越多的不知所谓的高人在引人走向魔道，结果越往高处走越莫名其妙，越不知自己在何方。

在书吧里找到一本旧书，书的内容是什么亦无关紧要。封面有一句话：希望在哪里？我在买书，来去是无数看不清的脸，他们进进出出，来来去去，各自是为了什么？我是为了什么？多么容易就找个借口，肯不肯？

因着这句话，我感激当下的生活。也有哭泣，也有争执，也有不圆满，但是其中的快乐那么踏实。**在合适的年纪，合适的时候，拥有一段可以触碰、不易碎、不矫揉造作的感情，是一种静好。**

# 第二章

## 为什么他还没有来？

# 要爱就爱男二号

## 1

男一号是拿来追随的，男二号是用来心疼的。

男一号可以霸道蛮横，翻来覆去，颠三倒四，说一套做一套，舍不得西瓜也丢不下芝麻，反正最后女一号还是他的，女二号也还是他的，只是他不要。

男二号却永远是光，是电，是海洋，是骑士。在女一号最脆弱的时候出现，安慰她鼓励她，让她懂得发光发热。付出一百分的努力去守护，却只是伴她走上幸福大道，然后望着她完美靓丽地站在男一号身边，挥手离去，只留下一个潇洒黯然的背影。

男一号满足女人需要的崇拜和仰望，男二号满足女人需要的安全和守护。在女人寻找爱的路上，从崇拜到守护，是一条艰辛痛苦的路。崇拜适合年轻的女子，她们有足够精力纠结，也有足够空间被改造，还有足够的自我被压缩。再大一点，那一颗老心就经不起折腾了，不是不够爱，是伤不起爱不起了。崇拜和仰望里的幸福，如履薄冰，心脏不好的，随时感觉要泪如决堤，离自我毁灭不远。

而我业已变成一个实在的女人，再辉煌的崇拜，比不上一个结实的拥抱，比不上醒来闻到饭香的踏实感。所以，帝王般的男一号就留给其他人去膜拜吧，我只爱我的骑士，尽管在偶像剧里，他们从来只有付出和落寞。

女友问，是不是善良的人都是拿来被伤害的？善良的人，不一定总是被伤害，只是伤起来更容易。这就是人性，因为善良所以无害，因为善良所以要比一般人更能忍耐才能存活。而无害和忍耐，往往会成为自私的通行证。即便对方心有愧疚，依然忍心伤了下去，去成全他们自己。

**可爱不能成为不懂人情世故的理由，帅哥在烟火俗世里派不上一点用场，傻乎乎的人大多数时候其实是令人厌烦的。**

## 2

我承认，我不想看到你们受伤，总是习惯了做那个思虑深忧愁长的人。我怕你们被欺负，怕你们不够幸福，怕你们太隐忍没了自己，最后却又被不屑一顾。不是因为我懂的地方多，只手遮天，而是因为痛过太多，久病成良医。

**一个善良简单的人，本性如此，一辈子缺乏演技，缺乏圆滑世故，但至少应该学会懂得什么样的事可以做，什么样的人要躲，拥有更多一点的自愈能力。**这样，伤得会少一些，还足以继续相信美好。

做一个聪明却不复杂，简单却不无知的人，是期许也是盼望。这个平衡太难，也太漫长。

所以，我总在悲伤的时候，想到看偶像剧，即便被男二号的守护骗骗也是好的。准备好纸巾，释放心底的相信与美好，看到拥抱心变得柔软，看到亲吻就激动，看到生离死别哭得无法自抑。然后，我知道，爱的力量并没有因为伤痛而消失，柔软与浪漫并没有被琐碎残忍的生活完全淹没。

只是哭过之后，还是要清楚，男一号现实里都会选择高贵优雅有身家背景的女二号，而女一号其实更适合跟着男二号细水长流。如果要爱，还是爱骑士般的男二号吧，让他像爱一个孩子那般守护你，即便现实里的他不如偶像剧里那般帅气逼人。

**我们再聪明高傲，毕竟也不是真的公主。**

# 女人的二十，三十，四十

生活是什么？你犹豫着餐桌是该铺上漂亮但难收拾的棉布，还是用一次性塑料桌布，这是生活。

爱情是什么？你明知道它不能吃不能喝不能供给氧气，但还是要把它摆在水和氧气的前面，并且固执地将所有的都赶开，让它一手遮天，这就是爱情。

细细说——你是我骨头里的不动产。念着这句话竟然会那么心疼。

只此一句，我知道铁凝是爱过的，而且是痛过的。我甚至常常觉得，尹小跳的身上总是晃动着她的影子。尹小跳，一个很有自知之明又有顽强底线的女子。年轻的小跳们，都是有能量的女人，可以飞越千山万水去追逐一个梦，可以为了一个念头一个解释就踏上旅程。只是等到老了，她们就累了，不再矜持，亦不再坚持。庆幸的是，老了，还有可以想念的人、想念的事。

所以，我固执地相信，这世界和人生隐隐都保持着能量守恒。

我有多忍耐，我爆发时就会有多愚蠢。你有多仁慈，在放下时就有多无情。她有多牺牲，在觉醒时就有多放纵。他有多深情，在爱的时候就会越来越少。

这个道理很简单，就像生活的诸多选择一样简单。

二十岁的女人会买白球鞋，会买桌布，会买杯垫，会为了一个小扣子买一件衣服，会买很多漂亮但不实用的东西，这是她们宠溺自己的方式。

三十岁的女人会开始买华丽的昂贵的闪耀的东西，那些亮灿灿，那些大花朵，那些小华丽，让人安慰，这是她们讨好自己的方式。

四十岁的女人会开始爱上恒久的东西，比如钻石以及具备抗衰老品质的物品，这些让她们动心，感觉安全，这是她们补偿自己的方式。

以上的年龄指的是心理年龄，而非完全的生理年龄。

你若二十，总容易爱上不该爱的人。到了三十，开始动摇，开始妥协。到了四十，开始无休止地怀念和臆想。**年龄是无法逾越的坎儿，但总有人能够超越，比如杜拉斯，比如林徽因。**她们是两个极端，一个出生于动荡之国，出生即拥有对勇气与对二十岁的永恒追求。一个出生于安定世家，早早就看懂生活与爱的简单，永恒地固定在三十岁。

而我们凡俗女子，只能轮回，从二十走到三十再到四十，无一幸免，无一逃脱。有些能量流失殆尽，补偿回来的却不是让人真正快乐的东西。

我已经不再二十，所以我不再穿白球鞋，不再敢穿布鞋背帆布包，不再每日在房间放一束鲜花，不再为了美丽的裙边去买一条裙子，不再敢穿桃红色，也不再接近不该接近的人，抱怨不该抱怨的宿命，同时努力忘记应该忘记的苦痛。

# 人人都有过一段虐恋

## 1

人人都有过一段不堪回首却又总是不断想起的虐恋。

有的虐恋，是属于年轻。两只刺猬，不懂距离，害怕距离，直到把彼此之间的空气全部挤出去，才觉得安全亲近。结果，越爱越受伤。回头想想，那种虐不过是皮肉伤而已，伤不到筋骨。只不过后遗症太过严重，从此之后学会闪躲，学会保留，也学会将五分演成九分。

后来的虐恋，大多根源于占有欲与拯救欲。男人的控制欲望，女人的母性意识，都有可能变成一股癫狂的力量。而有些人，他们是黑洞，他们是深潭，不断地打破你的底线，一次又一次，仍然看不到回报和圆满。

那种深深的挫败感，会把人变成更加输红了眼的赌徒，把所有能用的赌注都放上，只求赢一次，直到彻底输得精光，输到清醒无物了，才终于决定放手。**那种感觉，九死一生，魂飞魄散，但经过这么一遭，总算是踏实甘愿了。**

可再如何不堪回首，内心深处还是引以为傲。是啊，我原来曾那样爱过的。我也是那样付出过的，你以为我不懂爱吗？你懂什么？我曾经在大雨夜那样等过一个人，我曾经那样呕心沥血过，我曾经为一个人千金散尽啊，谁有资格说我不懂爱？

## 2

人就是这样的奇怪，越虐越付出，越付出越觉得爱。

好像爱与虐之间有一条大大的等号，假若太快乐太享受太多得到，那就只是被爱而不是爱。过了很久想起虐恋，仍是有那么多的不解和不甘，浑然忘了自己曾怎样虐过他人。我们总是这样，需要虐恋，以示爱得深，爱得高尚，爱得不顾一切。总以为不当炮灰，就没有资格成为爱情路上的英雄。

这样想着，以后的我们都理直气壮地吝啬起来。不要怪我抱得不用力，我的力气已经用尽。不要说我爱得不用心，我的心早就在某年某夜烟花般绽放，如今只剩一地碎屑。怪只怪，你遇到的是现在的我。

虐恋，是一段证明，一段自以为是的涅槃，也是一个绝好的借口。俗气生活的借口，浮生慰藉。沉湎低调的借口，安全洞穴。那个伤害过你的人，渐渐变成一个生命符号，标在某条路旁，告诉你，前方往下是通往成熟平和的康庄大道，没有爱恨情仇，只有做一天和尚撞一天钟。

可惜的是，好男人和好女人就这样成了虐恋的牺牲品，这道理，就像越深的颜色越吸光一样：炙热总是要遇到深邃或者艳丽，才能被激发出来。你是好男人好女人，就活该被忽略被忽视，被不够爱。因着这个原因，这时代的男人都怕自己太好，这时代的女人都向狐狸精取真经，好像不这样不足以证明自己是历尽千帆，可以承受得起情海波澜了。

只是，段数越高，快乐越少。快乐来得越容易，它消失得亦越快。等待、克制、珍重得到的感情，总会更加静水流深。**至于虐恋，忘了它吧。它的意义，一定不是用来做今后逃脱的借口，而是证明人人确有那样去爱的能量。**你有，他有，我们都有，谁也不例外。

# 你放下的，都是值得放下的

## 1

人人都有失落，无人幸免，也包括我。

起初，他就把过往和盘托出，亦从来不遮遮掩掩。他求的是什么，他看中的是什么，你都知晓，但就是不知够不够爱，这真是件残忍的事。

午夜梦回，偶尔想起来，他心中那个最美的女子不是我，如何会不失落。

再怎样相亲相爱，讨好宠溺，也不是曾经那样的电光火石了，如何会不失落。

但人到了某些时候，看完那些匆匆过客，很多东西即便失落，也不去计较了。

**求仁得仁，你求的是往后漫长的岁月，求的或许是后半生的经年累月，求的是正宫娘娘之位，有很多是你必须要放下的，不得不放下的。**

结婚前睁大眼，结婚后睁只眼闭只眼。男人这种生物不似女人，再“金龟”都经不起推敲，一旦碰触太近，难免会有些地方令你啼笑皆非。

他问，假若我放弃你呢？我答他，会有很多男人感谢你让位，让他们重新获得机会。他笑，然后说，我欣赏你这个回答。

两个人忆起起初的事，我说，你应当重新追我一次。他说，假若重新开始，我们还会在一起吗？然后又自问自答，会的，因为缘分已注定。

丸子听到这些，有些愠怒地说，他怎么老是问这些鬼问题。

无妨无妨，对射手来说，无事不可以摊开来说，这也是自由的一部分。丸子这个双鱼女，不会明白关于射手那种天生的未雨绸缪感。他们似乎生来就在想五年后，十年后，以后的以后会怎样，因为这些念想忽远忽近，冷冷热热地进退。不是不爱，是怕抵不过时间。问这些，不是不够爱，是怕越来越爱，没了安全感。

## 2

求仁得仁。

不去管他的小孩子气，也不去管那些无厘头的问题。

不要管那些过往，以前的岁月与你无关，你要的是往后三十年，这是个合算的买卖。

**人生只得这么长，求一个细水长流，不是那么容易的事。**

我说我这么好的女子，你真是捡到宝了。

他说，嗯，除了有点自恋，其他都挺好。

不是自恋，因为你好，我才会更好一点。假若你不好，我何尝有必要去那么好。

两个人之间的话，除却那些千百年不变的情话外，外人听起来很可能会觉得不可理喻，或者简直可以用“有毛病”来形容。

就像我曾经看小两口对着说：你变态。说得是那么理直气壮。久而久之，才发觉，在他们那个世界，这句话很可能是撒娇，是亲密，是属于他们自己的情话。

就像我们也会调侃地说：你是个苕。有时候这句话是生气，有时候是玩笑，又或者是无话找话的一种亲密感。

**每对情侣，每对夫妻，有属于他们的暗语，他们的语境。若让外人去评断，很难真正明了。**

那些看起来荒诞不经的情节，它就真的发生了。别人看着是奇怪，你自己一步步走来却是觉得合情合理。

若非不够爱，何苦会让自己身陷一个男人的世界。

## 3

你求的是什么，要的是什么，自己明了，才会拥有一颗坚忍的心。

水晶玻璃心，只得热恋时就好。过了就是过了。没得商量。

在男人的逻辑里，拼死命地追一个女人，为的就是往后的省心省力。你能做的，只能是保有自己，保有自己的快乐，不要让他以为自己已经攻城略地，无所不占。而你，不是那个在此之后着睡衣穿行、睫毛膏也不刷的女子。**你的美丽，只是被他暂时收服，而不是被他消亡。你不是一个不休面的亡国奴。**

爱是那般绚丽迷幻啊。可那背后的烟花，一地鸡毛，都要女人去面对。

女人啊，不要以为你得到一颗心，就一劳永逸。起初只是需要本能，无须太多技巧。往后的往后，才更需要仰仗智慧。

可假若你不能从中找到乐趣，若你求的是把你无比宠溺的爱，求的是烟花四溅，当然无可厚非。只是，一个女人，一生又得绽放几次？红颜弹指老，冬天冷了还得穿皮袄！

# 女人，可不可以不要做烟花

## 1

每个在爱情里的女人，都是烟花。

即便是再卑微的事情，也做得风生水起，自己把自己捧上了天。“砰”的一声，陶醉在自我的爱与牺牲里，美丽四射，让黑夜如白昼。最后，在某个伤寂的时候，才发现那世界其实满地狼藉，一片碎屑。

在一起回去的出租车里，你静静地说，有一件事，我谁都没说，不要鄙视我。

**心底里叹一口气，谁的爱情里不是这样卑微颠倒？哪是外人可以懂，可以拿逻辑或者道德去评判规划的？**我更没有任何资格或者立场去轻视你们做的任何一样牺牲。

为了爱，洗手做羹汤，擦着皮鞋，熨着衣服，心底唱着快乐的歌，恨不得做全天下最贤惠的女子，要把佩蓉都比下去。见着他对美丽的女子流连忘返，还要假惺惺笑靥如花地说，娶了她让她做我的妹妹。然后，回头再抱着贴身女伴，对灯流泪到天明。这种事，谁敢说自己从未做过，从没有想过？即便是知道背叛疏离，再怎样张牙舞爪，最后不过是默默原谅，直到彻底放手，还要勇敢鼓励自己，那是新天地，好好开始。

假若有一天，女人们围坐在一起，灯光昏暗，看不清眼泪与愁绪，玩一个真心话大冒险，说说你所做过的最卑微的事情，我相信所有人都会恍然大悟，所有人都想抱头痛哭，谁又比谁更光鲜亮丽？那狼藉，扫一扫，藏在床下门后，风一吹，顷刻间可以布满整间屋子。

**原来，男人的讨好是宠溺和礼物，女人的讨好是卑微和牺牲。**于是乎，男人为了女人，到了极致是倾国倾城。女人为了男人，无法克制的时候只好形神俱散。

## 2

那样一段烟花往事，我不是没有经历过的。看着那些拿美妙歌喉换足尖舞蹈的女子，心底悲哀，唯有自知。拦不住，劝不回，如着魔般，自己供着那么一个神，放在自己的世界里，每天顶礼膜拜，有那么一些心愿，还都要卑微祈祷，唯恐菩萨不悦。那般将心神都放在供台上的爱情，岂是卑微到尘埃里可以比拟的？

爱情里的女子，根本都没有心力去思考，原来这就是卑微，原来这旁边满是狼藉与尘埃。所有人烟散去的时候，唯有她们还念着那绽放的姿态，久久不肯离去。等到曲终人散，一时清醒，才发现人世间的佛都不是善心的佛，他们摆摆手，早已腾云驾雾而去，留你在原地，继续忍受轮回之苦。

就这样一次次轮回，有些女人终于有怕了的一天。关了门，摔了神坛，像个商人般计较，像个舞女般讲究进退来回，没了信徒糨糊般的脑袋，也不用再怕哪天像杜十娘怒沉百宝箱。没有恐怖，远离颠倒梦幻，丢弃涅槃，沉寂如海洋。而有的女人，却此生不得平复，遇着爱，波澜一片，眼神早已沦陷，头脑如糨糊。

不知该是悲是喜。

站在我之外五百米，望见自己，但求宠溺，不求懂得；进退有序，无恐无怖；虽偶有悲寂，眼里也有泪，但总归心生平静，不再有绽放，也不用有碎屑狼藉。如果最终的结果是温润如玉，求仁得仁，是不是所谓的细水长流了呢?

只是我明白啊，唯有那般的信仰，才得体验人世间最大的天堂快乐。所以你们才前仆后继，没心没肺，自知卑贱却毫不放弃地追求那种快乐。

这人世间最大的苦与乐，都与臆想有关：苦，是臆想的苦；乐，是臆想的乐。前一个是贪欲，后一个是爱恋。

**我希望你们快乐，但是可不可以不要做烟花？别人当是勇敢曼妙，我看着却很是伤心。**

# 他在去巴黎的路上等你

这个国家有许多女子的心中都有一座巴黎，除了巴黎之外，我的心中还有一个旋转木马，还有一个普罗旺斯。在心的地图上，他们明晃晃地耸立在那里，插着小红旗，你那么轻易地就望见他们。是的，那是 wish，那是 dream。

他们那么遥远，没有具象，只有传说。但是你却为了他们付出，付出时间去浮想，付出心神去接近一切貌似和他们接近的东西。比如我，就因为这个题目买下这本书。这就是女子宠爱自己的微小方式，以此抗拒时光，维护心中的秘密花园。多么不理性，却多么可爱。因为这，我庆幸我是女子。

每个人的秘密花园里，都有那么一些诸如此类的关键词，某个时候，某个角落，他们就跳出来，刺痛你的眼，引发连串的情绪的小感冒小咳嗽。

熟悉的香味，某家咖啡店，香烟牌子，某本书，某首音乐，都如同巴黎一样，慢慢变成一个熟悉又遥远的不肯触碰却又冀望的盒子。一旦打开，就是另一个世界的暗语，无法解释，只有自己听得懂。

这是孩童世界与成人世界的区别。

暗语那么多，忧伤那么突然，不快乐那么如影随形，而巴黎却又那么遥远。背着这些的我们，连梦境里都充斥着不安全感。只是，不再有哭泣，不再有尖叫，不再有放肆，为了维护那么一些不知道是否需要但却认为会害怕失去的东西。

所以开始不再直接大声地告诉谁，是的，我爱你。

我可以做那些让你高兴的事，我可以买那些你希望得到的东西，我可以努力地去了解你的喜好，只是我不会再说，是的，我是那么那么爱你。那样直接而诚实的方式，不是一个有经历的成人该选择的。彼此明白需要，彼此满足需要，彼此不打探那些过往，不是已经足够了吗？一旦开始触碰那些问题的答案，多么令人疲惫啊。

可是，如果无须触碰那些问题，我们之间永远不会血肉相连，我们永远不知道摩天轮的顶端是什么风景，我们永远看不到那或许虚幻却迷离快乐的乐园。只是，只是，触碰的勇气逃到哪里去了？

在这溢满类似爱情的城市里，有依赖，有亲吻，有钻石，有 sex，有婚姻，却没有知道。除非飞机失事，除非山崩地裂，除非在北极或者外太空，我才知道，知道你有多重要，知道那到底是不是爱，知道那爱有多深，知道我是不是真的想嫁你。

于是，就有了那样的结尾：死于飞机失事的男主角，终于心甘情愿戴着结婚戒指再也不矫情的女主角。她在他的抽屉里找到一张地图，那是他原本送给她的结婚礼物。

“以前这张图是一个人的梦想，现在画出来分给你一半……未来老婆大人，我爱你。”

她终于得到了她想要的那个结果，可是他已不在。

终有一天，不再那么渴望去追问一个人，你爱不爱我？**我们都变得那么吝啬并且自私，有一个人愿意把一半的世界切割出来无偿分给你，那不是爱，是什么？**

虚幻的巴黎，她一直一直都在那里。

“如果幸福不在巴黎，就一定在别处。可是我的世界已没有巴黎，只有你。”

可是，一切都已来不及。

# 原来你只是想要爱

## 1

要怎么去说记忆这种神奇的东西?

有时候，怎么逃也逃不掉。有时候，怎么找也找不到。

擅长忘记的，可以轻易一爱再爱，非黑即白，越陷越深，连自己都不想再记得。

这个故事，关于记忆，关于爱与恨，关于本能。

她洗清了关于他的一切记忆。

捧着情人节礼物，面对不记得自己的女友，他失望彷徨甚至愤怒。

既然你可以忘记，为什么我不能呢?

当他拎着两大袋子的关于她的物品坐在医院的椅子上，脸上写满了害怕和不安的这个成年男子，那一刻看起来像一个被迫要去打防疫针的孩童。

医生说，别怕，不过会像宿醉一样，梦醒了，就什么都不知道了。

他躺在那里，开始做一个长长的梦，从争吵到分开，一幕幕，到你侬我侬，到甜如蜜。他开始不舍，他用尽一切力量，拉着她奔跑，试图逃离回忆，逃不掉，就只好用力醒来，醒不过来就只好隐匿。他带她回到儿时，回到那些他从不肯说出口的尴尬回忆中，她大笑，她得到前所未有的安慰。她一直要的不过是这些，只有她知道的糗事坏事不开心的事。

那一刻，他变成穿着超人衣服的小少年，而她是戴着粉红帽子小公主一般的小人儿。她牵着他的手，将这个懦弱善良的小孩带离那些叛逆小孩的身边。

他躲在桌子下边，说为什么妈妈还不来找我？她喊着他的名字，叫醒他，别哭别哭，我们成功了，我们逃离了程序。

我无法不动容。

## 2

曾经看过一部影片——男主角站在那里，望着那群堵住女主角的摩托车男孩，然后走过去牵着她的手，如一个王子。

看到这里，一个人躲在垛得高高的书架后面，哭得稀里哗啦。

每个人都有软肋。

艾明雅说，她的软肋是：他突然出现说，我只是想你了。

而我的软肋是：他伸出手说，跟我走。

可惜，他们没有逃过。

一幕幕都被清洗掉，终到了他们见面的那一天。在阴天的海边，她绿色的头发，橙色的外套，坐在他的身边，不经同意拿起他的鸡块就吃。

她问：就快到时间了，我们怎么办？

他说：那就好好享受吧。

如果我终于要忘记你，那么在忘记的前一刻，让我们道声珍重，好好再见。

不过，她不甘心，最后说一句：要找我。

他们就这样消失在人海中，不复相见了吗？

故事回到开头。

每天上班，每天下班，一个生活无趣的中年男子，突然有一天，挤上火车，去了一个他觉得似乎必须要去的地方。

那个阴天的海边，有一个蓝灰色头发的女子。

一切都是注定。

**你会爱谁？不是老天决定的，是你自己决定的。那个谁，会是你当时当刻的镜子。**

## 3

电影里，邓斯特演的女秘书，在记忆被清洗之后，再次爱上了已婚的老板。

她泪流满面。他说，我们已经爱过一次了，然后我帮你洗去了记忆。

从此之后，她成了坚定的反记忆清洗者。她把每个客户的资料寄回给他们，让他们知道，那是多么蠢的事。听听那些咒骂对方的话吧，谁都会惊诧自己怎么会说过这样的蠢话？

凯特·温丝莱特演的克莱门蒂娜，她说：我不过是一个追求简单、内心混乱的女子。

这世界有很多这样非黑即白的女子。

她们很容易爱上约耳那样的男子。

他说：我的人生很平淡，我的人生全是空白。

于是，她用所有的生命热量，所有爱的情趣来点燃这个男人。

他们注定会相爱。

可是也注定会争吵。

因为，她以为“除了爱情，我什么都不要，为什么你还要这样吝啬分享”，那种无法参与他的人生的无力感，令她暴躁，令她不安。

不安地吼：我什么都告诉你，为什么你不让我了解你？

可是，谁又能真正了解谁？谁又能真正拯救谁呢？

我们需要的只是爱，只是爱而已。

**我是为了爱你而出现，不是为了了解你而出现的。**

简单地爱，本能地爱，让彼此一起活出光与热的爱。

# 所有的跌宕起伏，都是为了找一条来路

女人的波澜往往是自己制造的，正如男人的伤痕故事是午夜必备的桥段。

曾经为了一个眼神，辗转反侧，猜来猜去，那是青春荷尔蒙，不用腮红就粉面桃花般美丽。如今再那么轻易臆想连篇，顶着两层粉还要佯装羞涩假装矜持，真觉得浪费了那么多眼泪，白活了那么多日子。

在过去的那么多年，我流过的眼泪，绝不少于任何一个女子，对得起青春年少，张狂岁月。

## 1

16 岁的时候，为了如今已经完全记不起来的微小尘埃，躲在被子里默默流泪。当年的青涩男孩，如今依然没心没肺、毫无长进。偶尔想起他，觉得简直是远隔天边的两个世界。

17 岁的时候，知道男友劈腿，另结新欢，从晚自习教室奔出来，跑到公用电话亭，准备打电话痛骂，却是无法接通。

18 岁的时候，为了忘却一个男孩儿一段时光，仓促选择，伤害了另一个无辜的男孩儿。从今往后，再孤寂再落寞，也不会拿任何一个人去堵过往的枪眼。

19 岁，破镜重圆，以为是浪子回头，以为是终成眷属。到最后才知道，只不过是更深重的伤痕。

20 岁，号啕大哭，午夜失眠，黯然神伤，突然落泪，放纵玩乐，万事皆空，所有一切与失恋有关的情节，依次上演，一个也没漏过。只不过，玩的是文字，不是酒肉色。就这样，开始养成写日记的习惯，在人生的每一个转角时刻，做一个认真的记录者。

21 岁，水泥森林，感情空窗，车水马龙，埋头苦干，心力交瘁。很多时候，忘记了自己是一个女孩儿，清水洗把脸躺床上就睡，早上起床十分钟冲出门，穿球鞋配合急行军的速度，慢慢把自己变得和这个城市的大多数人一样标准的麻木疲惫的公交脸。

22 岁，觉得自己足以独当一面了，没想到是另一种的心力交瘁，根本无力照顾好自己的身心。爱情和执子之手，在脑海里是陌生遥远的传说，完全忘记，绝不擅长。

23 岁，沉迷在一个男人的才华和沉默里，念着相濡以沫的台词，演一个佩蓉的角色。那是到目前为止最脆弱、最彷徨、最无能为力、最黛玉的日子。以为把自己的世界交给他，跟着他走，就是小半生的终点了。猛一天，在泪水里惊醒，我完全丢掉了自己，我不喜欢那样的自己。有的爱情能让一个女人更欣赏自己，有的爱情，却并不是这样的。

24 岁，重回冰火城市，一切重来。有过低沉，有过诱惑，有过埋怨，有过失望。学着低头做事，学着安排生活琐碎，学着冷暖自知，学着静心等待。种种这般，不过是淡定的初级课程，但足以让人开始明白，悲喜波澜是必经，而爱是一种能力，幸福也是一种能力，都是人生最难最深重的题目。

25岁，离开安稳的工作，开始找寻自己的事业道路。有过彷徨，有过怀疑，有过伤痕，有过眼泪。学着成为一个可以给予快乐的人，学着成为一个可以传递爱的人，学着在情绪低落时释放自己而非压抑自己，学着在情绪高涨时赞美自己同时提醒自己。学着和一个爱你的人一起，规划明天，拥抱明天。

## 2

十年。

没有白费。

尽管按照传统的价值标准衡量，还是一事无成。

尽管当艾明雅问起的时候，我也无法确定地说出人生目标是什么，裹着被子对着她说一句："咱生来就是不靠谱的人，走的也是不靠谱的道。"然后两人哈哈大笑。

没有白费。

依然年轻，年轻的面容，年轻的身体，不再那么害怕岁月摧残。我甚至开始好奇我年老的样子，偶尔还会快乐地想象一番。

依然爱看动画，依然爱看骗眼泪的偶像剧，依然相信爱情，依然憧憬婚姻，依然爱着，而且被爱着。在生日的那一天，收到许多不同形式的祝福，心怀感激。

没有白费。

更加理解父母，理解朋友，理解过往，理解伤害。

更加笃定幸福不是空中楼阁，它只是一种有能力为之努力的人才能得到的礼物。

更加相信时光，它带来的风云变幻，是未知，是魔力，也是钻石之光。

更加坚持，不再轻言放弃。

**最重要的是，更加坚持一个底线：奋斗是为了幸福的生活，而不是去放弃自我成全所谓的幸福。**

# 抵抗生离死别，才能成就倾城之恋

## 1

当周围所有人开始谈论《蜗居》的时候，我终于知道了这部电视剧确实很火。

夜奔女在午夜短信中说，看到海藻，内心翻涌。隔着天长海远，我都能感觉到风阵阵穿过她的骨头。

军嫂说，看得泪流满面。这个操着一口湖北方言的豪放女，一向是我心目中为爱勇敢的代名词，居然也会这样不知所措。

娇娃说，感觉薄得很。

还有无数人感慨，宋思明那样的好男人，只应天上有，人间哪有几回见。

说实在的，看看我的周围，有很多比海藻更令人心酸的女子。像夜奔女那样执着地说：我连机票钱都不要让他出，这样我才觉得我的爱情是纯粹脱离了低级趣味的。那么追切去见一个男人，然后在背后默默看着他以无比宠溺的口气与儿子聊天，默默之后也许会天翻地覆大闹一场，可是依然忍不住夜奔去见他，他是她的罂粟花。

而按照供求比的规律，如今的海藻早就不是这个市场行情了。宋思明们早就比猴还精，比泥鳅还滑，哪有那么容易一掷千金？

至于海萍，无疑看起来更像是一个故意造出来的杯具。

可是为什么这么多女人看得触动心弦，无法自已？

## 2

这部标签性的电视剧，第一次直观地赤裸裸呈现一个房子引发的纠结故事。

**女人的择偶观，是对社会现状最直接最世俗的体现。**

军人最拉风的时候，所有女孩儿都梦想着当军嫂。公务员最吃香的时候，妈妈们都恨不得把女儿嫁给吃皇粮的人。如今，即便是才色不那么够的女子，也觉得最低标准至少得有一套房。

当全世界都视这个标准为理所当然的时候，全世界同时也就开始被这个标准绑架。

爱情被绑架，亲情被绑架，友情被绑架。不仅如此，那些不被绑架的人反而开始被视为异类，没有资格拥有他本该拥有的。

不要跟我说《蜗居》里的爱恨多么打动你，如果二奶的日子都能过得像海藻那样，那这社会的和谐度一定比现在好得多。更打动人的故事满大街都是，最后都变成隐形的伤口，伤口背后，多一个被绑架的男人或女人，或者多一个为了坚持继续头破血流的男人或女人。

不要说你的心有多么凉，任何一个已婚女人，都会面临婚姻保卫战，不是你的男人有多么出色，不过诱惑太轻易，有个房有个车长相不要有碍市容，就能轻易泡上一个想在陌生城市扎根的青涩小妹。而姿色在及格线上的女子，都有可能面临这样被绑架的机会。

以前我们以为浪漫是坐在自行车后面，靠着他的后背，温暖缠绵。

现在我们以为的浪漫是，从车的后备箱搬出一个脚踏车，在太阳底下骑一骑。

以前我们以为的负责任是，孝顺父母，嘘寒问暖，白头到老。

现在我们以为的负责任是，有颗钻戒，有间大房，给足家用。

不是谁的错，是这些都成了既定事实，深入骨髓。

**当爱情被绑架，浮躁和扭曲都成了必然。**情不定，心不定，家不定，走到哪里都是悬空的人。再说，心不定，情也不定，家也没法定。

## 3

身在这个时代，我也不知道该如何解决这个问题。我们无法对抗这种被绑架的时代，只能最大限度地保留可以选择的权利，而不是找借口去放弃其他选择，更不是说服自己放弃底线和原则。

朋友说，深圳是个不适合成家不适合恋爱的城市，成本太高，空间太小。

2005 年第一次来深圳的时候，早上看到一起牵手搭公交去上班的小夫妻，心生希望。

后来，他们说，多少看似情比金坚的小夫妻背后，是看不见的背叛和背离。

走到今天，我对深圳这个城市，从反感，到习惯，再到感觉亲近。

我承认，这个城市确实如《蜗居》里那般成本太高，空间太小。

可是，爱能让尘埃里开出花。

在乱世，他们要抵抗生离死别，才能成就倾城之恋。

如今的我们，只是要抵抗一个房子，怎么就不能相濡以沫呢？

不要迷信那样的故事，那只是个故意撕裂的故事。

相信你所相信的，坚持你所梦想的。

我们一起。

心中所想，会变成眼前所见。

# 爱他，就让全世界的女人都爱他

## 1

当那个年老的女人穿着我心爱的香奈儿套装，夹着烟，坐在白色旋转楼梯上的时候，我就深深为之折服。

如果关于奢侈品女人都有一个梦，那么我的梦一直是Coco Chanel。黑白的极致奢华经典，还有那长长的珍珠项链。

她缔造的王国，是一个梦境。

在那王国的背后，有三个男人。

这是事实。

请看香奈儿这一生的上升图景。

第一个男人，让她成功从裁缝店跨入上流社会。即便只是一个永远拿不到婚姻契约的情妇。

第二个男人，爱她欣赏她，帮她实现了人生梦想，让她有了第一家CHANEL店，让世界看到了这个女人的才华。

第三个男人，影片没有讲，就是那位著名的威斯敏斯特公爵。他赠她珠宝，带她去各地游览胜景。香奈儿，从此真正名扬天下。

**一个男人，一段爱情。可能把一个女人带到天堂，也可能把一个女人拖下地狱。**

一个男人，一段爱情。可能给一个女人打开很多扇窗，也可能把一个女人的窗户完全关上。

在每一段爱情里，你有你的世界，我有我的世界。当你选择对方的时候，你也选择了他的世界。

有的男人，他的世界是船是海洋。有的男人，他的世界是风是飞鸟。有的男人，他的世界是学堂是博物馆。

当然，也有男人，他的世界是黑洞，是垃圾站，是铜臭，是监狱，是江湖。

而有太多女人，只看到那些细枝末节，看不到那个人身后的世界，就活生生跳下去，根本不知道那是深渊还是悬崖。

## 2

香奈儿的智慧，不仅是在设计上，还有她对爱情的选择。

或许有人说，那样抉择，和拜金女有什么区别?

当然有区别，区别大了。

为了钱去爱的女人，和因为爱获得财富的女人，那是天壤之别。

用钱去买女人的男人，和让自己的女人获得新世界的男人，那是云泥之别。

这区别显而易见。富翁的女朋友不是各个都知道如何避免年老色衰的时候潦倒无助，用婚姻改变命运的人未必从此飞黄腾达。

有的女人只懂得炫耀名牌包，有的男人只知道将送女友多贵的东西拿来做谈资。这种人，灵魂是空洞的。

有的女人如亦舒笔下的刘印子，有一天进退得度，连当年捧红她的那个男人，也知道要敬重她。有的男人，如香奈儿的第二个情人，他的一生挚爱她，他给予她的不仅是爱情，还有海洋般的广阔世界。

人和人都有一颗心,两只眼。世界只有一个。可是,开头一样的人，结局为何那般大相径庭？**心不同，眼不同，看到的世界不同，最后去的世界就必然不同。**

## 3

作为一个女人，要有这样的心眼儿，做一个广阔的女人，爱一个广阔的男人，像香奈儿这样。

如若不然，其实回头看看香奈儿的一生，一个女人很有可能栽在任何一个男人身上，从此了结一生的脚步和梦想。

可是当她发现，第一个男人永远不会正视她出身的时候，她离开了。再爱，也不能做玩物。

当第二个男人向她求婚的时候，她说，当我不那么依赖你的时候，我才可以嫁给你。再爱，也不能做寄生物。

当第三个男人自以为不会遭到拒绝的时候，她说，这世界有很多公爵夫人，可是只有一个香奈儿。再爱，也不能做附属品。

最后，这个死在工作台的女人，死在她的王国，终身未嫁。拿婚姻换盛名，是否值得？其实，这个问题根本没有讨论的意义。没有婚姻不等于没有爱情，有婚姻不等于找到真正的人生归宿。

总不过是人生抉择，以婚姻以爱情以事业作为第一选择，都没有错。真正的错在于你根本不知道你自己真正怕的是什么，要的是什么？

亦师亦友亦兄亦父，当然也是她此生最爱的男人，这是香奈儿对鲍伊的评价。他死去的时候，她说，我要让全世界的女人为你穿上黑衣。

从此，这世间的女子妖娆地穿着黑裙，出现在墓园以外的风景里。

# 不看狗血剧，人生才幸福

## 1

发现许多情感专栏作者，描写的故事和内容都十分极端，不仅不能让人对感情产生希望，反而让人心生绝望。好像中年女子都在面对老公的出轨，好像大龄女青年提到男人想到的都是龌龊与无耻，好像婚姻都是特不堪的事。

我问朋友们，难道如今的情感世界有那么糟糕吗？他们说，不糟糕，不极端，没看客。你写一个狗血的剧情，点击率立马就上去了。你直播一个不伦之恋，此人在网上必红。两个女人争男人大打出手，就是比两个文艺青年在那儿使劲演内心戏的收视率要高。这就是人性里难以磨灭的好奇心，这就是娱乐的意义所在。

朋友虎妞的妈妈早已坐稳了太后的宝座，牢牢掌控家中经济大权，衣食无忧。虎妞本人白皙圆润，是个俏皮的湘妹子，几年来历经情感波澜，仍在苦苦寻觅结婚对象。

但母女俩在家看电视时，口味完全一致，就是喜看那些嘉宾讲述情感如何不堪的节目，还有就是如印度老斑鸠一般纠结的肥皂剧，比如女主角新婚之夜上错床，结果怀了孩子，最后孩子又得了重病。

两个人边看边评，一会儿咬牙切齿，一会儿揪心惋惜。

但现实中呢？现实中虎妞太后天天提醒她，婚姻中门当户对的必要性。虎妞本人对于家境、学历不适合的男人，坚决不纳入考虑范围之内。

所以，看戏是看戏，戏如人生，让人产生一种虚假的真实感，那是精彩的编剧。可是每一个热爱肥皂剧的母亲，都不会如肥皂剧一般去编排孩子的人生。因为她们深知，那需要极大的勇气与乐观，因为她们爱过恨过之后，发现婚姻就是那么一个不需要创意更需要忍耐的东西。而假如真要像个老人一般唠叨这些听起来就过时的婚姻潜规则，那文字必然令人感觉索然无味。

这也是为什么他们选择写极品，而避谈柴米油盐的原因了。

## 2

可怕的是，不明真相的人就此以为世界就是那样的，男人就是不可相信的，又或者以为爱情都是浪漫的、容易的、命中注定的。

哪里有那么多的注定？我见过大部分感情和顺的女人，都是为之付出了太多努力。外人都是只见人收瓜，不见人播种。

许多人都有过这样的经历，抬出一大筐的理由期望朋友做出理智的选择。第二天睡醒，发现她昨天怎么过的，今天还是照旧这样过。对大多数人来说，第二天的太阳并不是新的。他们害怕改变，他们对未知的恐惧甚于对现状的不满，他们需求的只是一个精神垃圾桶。

**对于这样慵懒懈怠的人，我只会毒舌一句：对不起，谁也帮不了你。对于只有在折腾中才能找到存在感的人，我只能摇头说：恐怕你并不适合婚姻。**

李碧华在《生死桥》里写，你将来的那个人，不是心里的那一个。世间常常都是这般，爱的是一个人，结婚的是另一个。

所谓的幸福，是明知很有可能不会幸福，却仍然能相信，仍然能付出，最后终得所报。明知道婚姻是琐碎平凡的，明知道男人的劣根性，却死心不改地努力过出滋味来。

我热爱这样的女人，她们往往是生活里真正的赢家。

# 要他说我爱你，还是要他一起柴米油盐

## 1

清早6点从家里出发的时候，天还是黑的，在高速上一路狂奔至岳阳时，才天明。到了下午两点，终于进入广东境内，两个人才稍稍松懈下来。

阳光晒得人发烫。这个年，冬天走得特别快。唯一高兴的是，摆酒那日下了我许多年都没见过的鹅毛大雪。老天很赏脸，该晴天的时候没有吝啬阳光，该下雪的时候也绝不含糊。

老妈塞了一堆年货，车子的后排座及后备箱都被塞得满满的。看着那些各色各样的年货，我简直有鬼子进村的感觉。

下午6点到了深圳，天还没有黑。两个人搬了两趟，终于把车子腾空。

打开家门，看到家里的树还有绿意，别提多安慰了。

别的都不管，先给树浇水，再来一个个解决各式的箱子和袋子。

头昏脑涨之后，还得记账。

这就是主妇生活。虽然还不至于觉得如鱼得水，但至少没有捉襟见肘。

过年时看到一个小朋友写，在没有庸俗之前要尽情奢侈生活，丽江、拉萨、欧洲神马的，通篇小资词汇。

**看完我只想说，一个不懂得庸俗的人，在这个庸俗的时代，简直很难活得足够好。**庸俗可以兼顾风雅，然而风雅却不能容忍庸俗，这注定会让一个人变成一个分裂的小青年。

捏着屈指可数的人民币，心里却幻想着一种有钱又要有闲的生活，那应该祈祷投胎为一个富二代。别的，我想不出有哪种又可以高尚又有钱有闲的生活。

不管那爱情多么令人冲昏头脑，站在办公桌前还是要冷静下来，忘记一切。工作，有一天将会和开车一样，变成一种本能。这就是生活里最庸俗又最永恒的地方。

不管世界如何，生活的本质是庸俗的，只是各人的智慧不同。有些人努力让庸俗里多一些风雅，而有些人天生是去创造风雅的，碰不得庸俗。假若我们不是天才，那么还是早早认命，别做一个外面光鲜，衣柜里塞满脏衣服的女子。

## 2

假若他爱我，他就应该奉我为公主。

等你真切相信这句话，你一定会在婚后立马陷入悲切的情绪中，再也难以爬出来。结了婚他就不够爱我了，为什么？为什么他就开始躺在沙发上等着一个女人忙碌?

**婚姻的奇妙，是一种与爱情截然不同的化学反应。**爱情是你离不开我，我离不开你，24 小时都想黏在一起。婚姻却不是。那是一种你中有我，我中有你，不管各自在何方，血液和思想都联系在一起，不是亲人胜似亲人的关系。

有许多爱情，好像爱到骨髓里，却无法一起探讨金钱等敏感问题。

有许多爱情，好像至死难分，却往往败给最庸俗琐碎的分歧。

有许多爱情，好像销魂不已，却还是要在对方面前竭尽全力隐瞒缺点甚至不雅的举动。

你说，我们还相爱吗?是的，我们比之前更爱对方，更信任对方，更了解对方。在我心中，这是比他说“我爱你”更珍贵的情感。

有一句庸俗的老话，不管贫穷富贵，不管生老病死，我们都会牵着对方的手，一起走过。

我希望，有一天，你们都能真切体会到这句话。

到那个时候，爱情早已是小 case。

你的生命与一个毫无血缘关系的人牵连在一起，你把你的命运交给他，他把他的命运交给你。

这大概是生命里最奇妙的一种人生情感。

而许多人，不能，也做不到。

## 从忘记时光记住爱，到揣着爱臣服时光

男人爱酒，离不开杯中之物总是有道理的，他们也需要一个空间去宣泄。杯中之物，确有它的好处，可以给人一个懈怠的理由，可以让人有一个无所顾忌的姿态。

到了家，回头看到他喝多了已经酣睡。坐在窗边，一种难以言说的心情。我已经忘记独自生活的感觉了，一切都好似水到渠成般。

我深知，我不会逃婚。

很早时候，从我离开学校的那一天起，我一直以一个成熟女子的作风来要求自己。众人面前，宁流血不流泪。再心痛，亦绝不会轻易表露。即便当年知道某人结婚，而我是最后一个知道的人，我亦是微笑，绝口不提。可看到种种太多的阴影，终归没有那么容易排遣。

我愿意信他，我愿意信爱。我知道，此时此刻，他对于现时的幸福感恩在心，满足于心。

可我无法相信这人世间的时光。

**时光，假若它已经让你明白看到它具有的强大力量，你必定会乖乖臣服于它，再无二心。**

而这，其实更是一种看不见的巨大压力。

五年前我可以大方地允许对方犯错，并且一错再错，我可以说服自己不要心存芥蒂。

现在我无法原谅，时光不允许我再原谅。

昨夜看《巴黎，我爱你》。其中有一个故事——

男人有一个很念旧的妻子。他厌烦了她总是穿他送的那件红色风衣，厌烦了她总是在做饭时哼唱同样的歌，厌烦了与她在一起的生活。在餐厅里，他准备提出分手。没想到，她递过来一份诊断书。

她患了血癌。

当下，他发短信给情妇：请忘记我吧。

他开始每天陪妻子吃饭，抱着她的脚，在阳光很好的窗边，给她朗读村上春树的作品（为什么是村上，真狗血）。然后，她在他怀里溘然长逝。

他说，原本他以为对妻子是一份怜悯，可是后来发现，那的确是爱。

再以后，他望见穿红色风衣的女子，都心痛得难以自拔。

原本，我以为她知道了他的外遇故意捏造出一份诊断书，没想到那竟然是真的。

或许，这样是最完美的结局。

还有多少秘密，隐藏在看似平淡的家居生活中呢？

但愿，我们永远不要知道。

## 不经平常的事，不能懂山盟海誓

我行过许多地方的桥，看过许多次数的云，喝过许多种类的酒，却只爱过一个正当最好年龄的人。

我本是讨厌沈从文的，因为大学时，有个讨厌的教文学批评的老太太强迫我们去买《湘行散记》。我读了，没有感触。那个时候的我，还不知道刻骨，不知道乡愁，更不懂长相守。

后来喜欢他了，并非因为懂了刻骨、乡愁和长相守，是因为他的学生汪曾祺。

那些日子，我窝在沙发里，屋子里空荡荡的。我望着那些书，一本本拿起，又一本本放下，最后还是选了汪曾祺的一本散文集。在那本散文集里，收录了好几篇关于沈从文关于西南联大的文章。我随手一翻，首先就看了那篇《星斗其文，赤子其人》——

他年轻时常常夜以继日地写。他常流鼻血。有时夜间写作，竟致晕倒，伏在自己的一摊鼻血里，第二天才被人发现。

他在家乡听了傩戏，这是一种古调犹存的很老的弋阳腔。打鼓的是一位七十多岁的老人，他对年轻人打鼓失去旧范很不以为然。沈先生听了，说："这是楚声，楚声！"他动情地听着"楚声"，泪流满面。

他这辈子为学生寄稿的邮费，加起来是一个相当可观的数字。

他一度专门搜集青花瓷。买到手，过一阵就送人。

有一年做了一件皮大衣。我记得是从房东手里买的一件旧皮袍改制的，灰色粗线呢面。他穿在身上，说是很暖和，高兴得像一个孩子。

那天我给他做了一只烧羊腿，一条鱼。他回家一再向三姐称道："真好吃。"

这些个小细节，让我动容并且心情舒畅。我想那种感觉，你们也都能理解。倘若是七八十年前，这些怕都是平常之事，可现在是奢侈。倘若现在还有若沈先生一样的人，怕是很难找得到自己的举案齐眉。

张爱玲《倾城之恋》写得真好，沦陷能成就一段姻缘，也可能毁掉另一段姻缘。那么，谁成就了西南联大？谁成就了沈从文和张兆和？

于是乎，更加欣赏吕思勉先生的话："常事是风化，特殊的人所做的特殊的事是山崩。不知道风化，绝不能理解山崩。"

何是常事？生活是常事，爱情是常事，吃喝玩乐都是常事。那些个常事风化了那个时代，造就了那个时代，也成就了那个时代的典型爱情。那些个时代里的山崩，也成就了一些非典型的事。

在那个风化与山崩都剧烈的年代，沈从文守住了星斗和赤子，也守住了他的爱情。当然，他的星斗、赤子和他的张兆和，也守住了世界上唯一的沈从文。

我想起袁朗说的话："以后就要长相守了，长相守是个考验。"因为这句话，我记住了他。"长相守"何止是个考验，它还是对抗，是争夺，是抵制，这三个波澜不惊的字，底下藏的何止是暗潮汹涌？

曾经我只想嫁个想嫁的人，在一个小山城里，跟着他在山上看杜鹃，没有杜鹃也没事，野生的树也是漂亮的。

但现在，他们都早已不知去向。于是，我继续留在这滚滚红尘中。

# 臣服于男人，还是找回自己？

## 1

我不知道你们有没有爱过这样的男人。

起初，他善解人意、幽默风趣、大方、才华横溢，望着你的时候，那眼神直指你的心脏，让你喘不过气来，让你激动得觉得遇到了绝世才子。于是，小肉体恨不得抛开一切，立马投入到那个烟花肆意的世界里，心里想着，为这样的男子熬红豆，一起把世间风景都看透，那是多么销魂的事。

他们就是有这样的本事，让对方觉得自己就是散落在人间的绝世佳人，而他们是知音，是伯乐，是慧眼识珠。

我是被这样爱过的。那是我有生以来最勇敢的一次飞蛾扑火。天天在心里想沈从文的那句：在最恰当的时候遇到了最恰当的人。

好景不长。

不断地争吵、辩论。

把自己从一个乐观、开明、大方的人，变成一个敏感、卑微、神经质的人。

为什么呢?

后来，我离开了他，离开了那个城市，脑子里一直盘旋不断地思考着这个问题。

再后来，我想，他更适合找个普通的女子，为他洗衣做饭，用崇拜的眼光望着他，而他不用在她身上浪费太多智商。因为在爱情里，他是一个阴谋论者。

## 2

他是一个永远的自我中心者，不管自己做了什么，对方都只能按照他所想所思去生活。

他是一个怀疑爱情、怀疑人性，善于征服，却无法休养生息、长治久安的君主。

他们是他们世界里的王，细枝末节都要看清。高兴的时候，可以把你捧到天上;阴沉的时候，顷刻摔你到地上。

他们见过太多阴谋、太多卑鄙，已经难以清洗，伤痕隐匿在身体深处，不时发作，只有最亲近的人才可窥见。

他们太过用力地维护形象，已经成了铜墙铁壁、无懈可击。所有的隐忍，克制不住时，只好对着最亲近的人宣泄。

对不相干的人，无比宽容。对相干的人，无比苛刻。动辄就谈，这是在培养你、完善你、打造你。他们的审美层次实在太高，令人窒息。

他对你可以轻蔑地笑，说出最尖刻的字句，仿若所有的相谈甚欢都是泡影。

他可以把一切丑陋之事都加之于你身上，好像你也是一个天生的阴谋家。

他真的了解你、欣赏你、爱你吗？

或许吧，只是一个阴谋论者的心中没有一片让一个女人可以自由呼吸、舒展天性的土壤。可矛盾的是，这样的他们总是喜欢洒脱的、天性未泯的、善意的孩子。然后，他们开始肆意以自己的逻辑思维和审美标准来指责她。

他们了解许多人，可以看透许多人，但他们不会懂得这世界有许多的女子都可以为着爱无理由无原因地去做很多事。他们又怎会懂呢？在他们的世界里，一切都要有原因、有理由、有利益。

**其实，最不快乐的人是他们自己，内心苍老贫乏，无法拥有安全感。**

## 3

我承认我曾经饱受爱情小说的毒害，在此前的青葱岁月里，总是幻想着遇到一个君王般的男人，他有天下最浪漫的柔情，亦有天下最蛮横的掌控欲。臣服在他的怀里，可以享尽内心的无限荣耀。

现在，我累了。不再愿意上天入地地为一个男人，丢了自己。

原本我总是以为自己不够好，所以不停地改变自己，以迎合其心，得其宠爱。

**之后，我发现，再不完美的我，那也是天造地设的我，一刀一斧地被迫凿自己的口眼鼻心，痛不欲生，并不快乐。**

从此，那些满腹才华，谦恭有礼，令人仰望却一脸不平之气的男人，再也无法秒杀到我了。

有些女人，看看就好，不适合相伴左右。那是海市蜃楼，不是涓涓细流，无法止渴。

同样的，有些男人，认识就好，没必要沉沦。那里的土壤贫瘠一片，种不出保加利亚玫瑰。

# 怎么样深深爱过，才不枉此生？

## 1

夜风一夜凉过一夜。

推开门的时候，一阵风从阳台吹来，膝盖一阵凉。单穿裙子的日子好像就要过去了。

找出长睡衣，换上棉拖鞋，先让自己温暖起来，那冷风就再也不能伤我的“皮毛”了。不知为什么，我那么热爱棉拖，热爱那踩在棉花上的感觉，脚趾受到温柔抚慰，那感觉类似靠在谁的胸膛上一般。我爱这夜凉如水的秋，抱着被子入睡，安全踏实。

下午出门前泡的银耳还在碗里，这是妈妈从家里带来的，今天突然想起。轻轻再洗一遍，然后倒进锅里，慢慢炖。即便一个人，还是要有点儿烟火气。没有母亲的家不成家，没有厨房的屋子不叫家，没有烟火气的生活不叫生活。

听说，北京今天下了大雪。十一月飞雪，十年不遇。

去年说要去北京看雪，那句话最后成了一个放空的曾经。

包括我和丸子之间的很多约定，最后也不再有多少机会实现。

我们在不停地失约，也不停地被别人失约。不过，只有少数人、少数的一些约定，被记忆到最后仍是不肯释怀，于是就成了永恒的失落，空在那里，变成人生的一个漏洞。经历过几次之后，再也不肯轻易许诺，再也不肯轻易相信许诺。太怕伤害，活得清醒，时常觉得自己真无情趣。

偶然某天和兜兜感慨地说，我怎么就这样过早地不活泼了？她正在开车，转头望一眼说，你有你的很多好处，是别人学不来的。

若说好处，我当然知道有许多许多。沉静，安然，沉默对坐不觉尴尬，可以完全信任地将心事交付于我。我心底自知做对了什么做错了什么，却也异常固执不肯妥协不肯更改，时常冷淡，有时候一句话也不想说，有时候却滔滔不绝。

## 2

雪人，冰冷时雪白耀眼，靠近却寒气逼人。阳光出现时，淌干一滴滴泪，化成一丝丝无形的小水汽，快乐得无以复加。

这个世界的冰川已经越来越少，雪线越来越高，雪人却越来越多。

我看到很多人那么忙碌，方向明确，目标明确，眼底却凉凉的。

《情约今生》里，比尔对女儿说："我要你尽情体验，沉浸在爱中，忘我地雀跃欢畅。爱是激情，爱是迷恋，爱是不可或缺。疯狂地去爱一个迷恋你的人。他在哪里？要用心去寻找，不是理智，否则人生将失去意义。这辈子若没深深爱过，就枉此一生。"

这段话打动了死神（布莱德·皮特），他决定度个假，体验一下那个所谓的叫“爱”的东西，体验一下什么叫不枉此生。他有了一个凡人的名字，乔·布莱克。

这桥段真的有些像《天使之城》。一个是迷恋花生酱的死神迷恋上女医生的吻，一个是默默暗恋的天使为了女医生回到人间。

当亲吻如花生酱那样香甜的时候，还有什么比这个更令人雀跃？爱情让他们雀跃，所有的细胞都很快乐，闭着眼睛隔着五米远都能闻到，他们恋爱了。

看着电影里他们缠绵热吻，他们嗅彼此的味道，他们做爱，他们跳舞，他们告白。

最后他消失在漫天璀璨的烟花里，他不再孩子气地说要带走她，留下她在人间，他回到死神的世界。

那最后的烟花，绽放得令人心碎。他借用了凡人的躯壳，最后这副躯壳回来了，可以有资格陪她度过漫漫人生，可这躯壳里的灵魂已经不是他，不再是乔。从此，拥抱亲吻的也不再是他。

不枉此生。

深深爱过。

## 3

深深爱过。

不枉此生。

我们都曾经在某年某月某日这样告诉过自己。从此之后，好似就可以不用再欢呼雀跃了，好似以后也不需要再欢呼雀跃了，因为有多欢呼雀跃，分别时就有多难过。从此之后，做个有泪无心的雪人也不是不好的。

**只是，不枉此生，真的真的好难。**

可以爱的时候却没有时机去爱，有时机去爱的时候却无人可爱，以为无人可爱的时候忽然被爱神击中，忽然之间爱上的时候又得不到。

不是我错过了你，就是你错过了我。

比尔不知道，找到那样一个人，需要的不是靠心去寻找，而是要有一颗寻找的心。

**没有这颗心，所谓的爱人，也不过是可有可无的。那不是真的爱情，不是。**

# 为什么他还没有来？

## 1

我的朋友丸子小姐三年前很喜欢在 KTV 唱：我想我会一直孤单。现在她已经成了 L 太太，并且不久就要做妈妈了。

那个时候，我已经不再喜欢唱刘若英的《后来》，但是开始喜欢上高跟鞋，收集了很多她为达芙妮拍的宣传照。

后来我发现，她很美，只是我穿达芙妮并不合脚。

你们都以为她很孤单，因为她唱的《一辈子的孤单》多么深入人心。你们都以为，她一辈子都难逃开某个男人的影响吧。

她演过结婚狂，演过雌雄大盗。在似水流年的江南古镇里悲伤的她，在《生日快乐》里失去了最爱的她。可我一直觉得，那都不是最真实的她。她其实应该比我们都以为的要淡定，更知道自己是谁，更懂得自己要的是什么样的人。

我也同你们很多人一样为她感伤过。后来，我看了侯佩岑采访她的那期节目，她当着陈升的面哭得一塌糊涂。他问她：你想听哪首歌？

她说:《风筝》。

那个时候，我把《风筝》的歌词看了一遍又一遍，我把《风筝》听了一遍又一遍——

因为我知道你是个容易担心的小孩子，所以我将线交你手中却也不敢飞得太远。

不管我随着风飞翔到云间，我希望你能看得见，就算我偶尔会贪玩迷了路，也知道你在等着我。

我是一个贪玩又自由的风筝，每天都会让你担忧，如果有一天迷失风中，要如何回到你身边。

因为我知道你是个容易担心的小孩子，所以我会在乌云来时轻轻滑落在你怀中。

## 2

我记得她说，有一段时间，我难过的时候就去他家楼下，鼓起勇气敲门,我什么都说不出来。他摸摸我的头,我就乖乖回去。好似这样，一切坏情绪都得到了缓解。

我记得她说，有一次她去甘肃拍戏，那时候没有手机，开着车到处转只为了找一个公用电话。她打电话问他：如果我需要你，你会来吗？他摊开地图找了找，然后告诉她：你已经飞得那么远了，我接不到你，再也接不到了。

他很早就知道，她不再是那个跟在他们后面端茶倒水的少女了。

虽然他为她写了那么多歌，他也迟早只是她人生里一个远去的坐标。

张艾嘉发现了她，然后她就不再只是陈升的奶茶了。

只是对于她来说，不管她变成怎样的刘若英，那个男人在她生命里刻下的痕迹再也不能磨灭，就像 DNA 一样深入到了骨血。这种感情曾经一定被当成爱情，可是后来，就像她唱的，后来，我总算学会了如何去爱。

**他那么斩钉截铁地推开她，又其实是一种多么深沉的爱护。**他说，我以后都不想再见你。

爱情在凡俗人的眼里手里，已经变成了一种世间最自私最狭隘的情感。不仅如此，多少人还把本就已经自私狭隘的一条线一般的爱情扭成麻花，最后那爱情就像榨汁机里的水果一样破碎成残渣。

因此，他们才成了众人眼里的传奇，超越了普通人性的传奇。

其实，人世间从来不缺少传奇。不是李健那种不软不硬的腔调唱的“想你时你在天边，想你时你在眼前”。那种情感真的太肤浅，肤浅得不值一提。

我始终相信爱情应该是一种特别博大的感情。因为爱，天地变宽广。因为爱，拨开云雾见艳阳。

我做不到，但也希冀能努力做到。因为爱，所以不要捆绑你的人生。因为爱，所以努力活得更好。

**如果你想知道爱情为什么能永恒？我想，是因为它能让人变得博大和无私。**

我们这些看客们又在惋惜什么呢？

# 3

很多人感伤刘若英为陈升的书写的序。

为什么要感伤，一个女人如果此生能遇到一个这样的男人，何其有幸。与其与无数纠缠不清的小男人在街头争吵，又或者跟着一个男人变得势利或者卑微。我宁愿遇到一个这样的男人，此生无憾。

“有时我很恨，为什么我的人生到现在还必须跟你的名字扯在一起，但也许我应该感恩，像‘奶茶’这样的名字，也只有你想得出来。”

如果有一个男人，他让你焕然一新，赋予了你人生新的含义。

如果有一个男人，他始终站在那里看着你，不管你正在爱着谁，想到他都觉得心安。

如果你也经历过那样的感情，你会知道，你不害怕孤单，因为你的心里不孤单。

所以，为什么要忘记？为什么要逃离？为什么要感伤？

她唯一的不幸是，因为遇到过那么好的，所以好难遇到更好的。然而，这或许才是最大的幸运。

因为知道什么是更好的，才能一直不怕孤单地活到现在。

因为一旦遇到了后来的那个他，那该是多么值得感谢神灵的事。

“你说过，大树要在天空交接相会才有意思，那时你的意思是说，我还是棵小苗，别老依附着你，要我自己学着长大！嘿嘿，你总会有九十岁的时候，我也会有八十岁的时候，到那个时候，我不奢望我的树长得比其他人高，也不需要长得跟他人一般高，我只确定，我的树顶能遥遥见得着你的树顶就够了。”

现在她尘埃落定了，她不再是飘在空中的风筝，不会再因为牵线的那个人离开了而哭泣。

现在她尘埃落定了，她也已经成了一棵树，找到了愿意像一棵树那样守护在她这棵树身边的男人。

即便这种爱好似不够俗气，不够欢天喜地，然而这真的是一件多么好的事。

## 4

为什么他还没有来？

关于这个问题，我也曾经问过很多遍，不同时期有过不同的答案。

以前的很多个夜晚，我和艾明雅在广深两地的小公寓里互发短信，我们用同样的一句话安慰彼此：他的白马坏了，他在路上了。

我们也不知道这个究竟是不是真的，哪个姑娘没怀疑过自己以后会不幸福呢？谁也没有真正笃定过，关于爱情，我们能确定的只有自己。

一个没见过面的姐姐跟我说，那年她已经不年轻了，所有人都怕她嫁不出去了，可是他还是来了。她对我说，不要害怕，他会来的，只是早晚而已。

我也有过很多的疑惑：我怎么会知道就是他呢？万一我错过了他怎么办？这世界上会不会根本就没有那个他？

这些答案，在很长的一段时间里给人带来一种莫名的恐慌。有时候，因为这恐慌，我们会莫名地答应一个丝毫不想去的约会，结果最后落荒而逃，自尊在刹那丢盔弃甲。因为这恐慌，我们会以为某些人渣某些烂桃花就是真命天子，于是百般讨好，低到尘埃里，最后自尊爆发，才清醒这位爷原来只是个打酱油的配角。

他到底在干什么？如果他真的会来，为什么不早到一点呢？为什么要让我们忍受孤独、脆弱、卑微、虚伪、落寞，都不敢再奢望会有一个人会真的出现？

**他真的会来吗？是的，他真的会来，只是很可能是你完全没有想到的一个他而已。**

可是他真的来了的时候，你们是否准备好了看到他的双眼？你们是否准备好了放下过往偏见好好接受一段全新的感情？你们有没有一颗真正能享受细水长流的心？

因为当已婚的我们回头看，真的一点都不知道会嫁给这个男人。那些初次见面的狗血剧情，居然成就了最后的终成正果。

## 5

很多姑娘总以为，他就是自己那个命中注定的人，会有那样美丽的出场，会踩着云彩在那一刻闪亮你的双眼，又或者是潇洒得让你恨不得冲上去抱住他的大腿。

梦想总是丰满的，现实却是骨感的。

你以为你应该配的是一个多金有品位的大叔吗？不。高档西餐厅、音乐会、欧洲旅行这种对大叔来说轻而易举的事情，或许可以拯救你的公主梦，但却绝对拯救不了你的人生。

你以为一副装 B 像藐视人生的文艺男青年才能触摸到你的灵魂吗？不。谈谈风月，聊聊村上春树，挑剔一下咖啡是不是够高级，这种装 B 事件如果你涉世未深就算了，如果你已经老大不小，还躲在文艺里不愿意面对真实的世界，那还是擦亮眼睛赶紧醒来先拯救自己的灵魂吧。

你总希望遇到一个懂得在什么剧情阶段就演什么戏码的他。在你期待的时刻紧紧搂住你，在你伤心的时刻懂得逗你笑，能咆哮般说出肉麻的表白，永远眼中只有你，永远只想和你在一起。

**如果现实都是这样，那谁还用去看电视剧？那谁还会去买小说？完美的人，永远不可能在现实中出现。**

那个他，或许贱得让你咬牙切齿，就像王小贱一样，损人不带脏字，没有什么大出息，也不儒雅贵气，他只能在生病的时候递一杯热水给你，只能在每一个平淡无奇的夜晚在你身边陪着你。

那个他，或许真的其貌不扬，没有标准的身材，不时尚也没什么品位，就是只愿意看着你穿得美美的，自己却穿着三年前的 T 恤衬衣。不会嫌你不够性感，每天都希望早点回家，每天都只想抱着你入睡。

那个他，或许不够有钱，没有房也没有车，但是他不抱怨也不愤怒，默默奋斗，为了让你过上更好一点的日子，忍受了许多辛酸却不愿意说。他很想说，再等等我。可是他不敢，他只能尽可能对你好，但如果你能遇上更好的，他也可以放手让你走。

这就是平凡人生里的平凡事。

## 6

我们大多数的人，都将这样平淡走完一生，我们只能一起把自己的人生慢慢从 50 分、60 分走到 70 分、80 分、90 分。

这样的人生有什么不好呢？为什么一开始就希望做到 90 分，那剩下来的时光用来做什么呢？

这一生还有那么长，比你们想象的要长得多。

我时常回头时就会觉得，我这样平凡的一个人，五六年的时光居然也遇到了这么多的人、这么多的事，发生了如此多的转变。往后的二十年、三十年我都想象不到会发生什么，好期待呢。

我们的人生太容易被社会和舆论绑架了，我们往往还浑然不知。

有一首歌叫《爱的代价》，张艾嘉唱过，李宗盛唱过，梁咏琪也唱过。

什么叫爱的代价，代价就是：走吧，走吧，人总要学会自己长大。……也曾伤心流泪，也曾黯然心碎，这就是爱的代价。

他在哪儿？他什么时候会来？管他呢，我还有大把时间可以好好体验人生。**你来了，我们就一起走。你不来，我边玩儿边走，也总是可以走到最后的。**

# 给慢热的人一个机会

## 1

我从来都是一个慢热的人，恋爱慢、兴奋慢、热烈慢，连悲伤都慢，慢慢地拖到一个节点，突然就遗忘或者突然就爆发。有时候会吓到自己，但好歹也和这个自己混了这么多年，习惯了，也渐渐明白了。只是对于旁人，我无法解释，也没法解释。

他说，只是说你瘦一点更好看啊，怎么就哭成这样？

我边号啕边支支吾吾地说，凭什么啊？我就这样，也没见谁说我不好看了，你以为你是谁啊，你这个胖子。

每当我蛮横无理毫无逻辑地说这些的时候，我知道，那背后是许多许多的小伤痕，不可言说，因为业已模糊，只是它们一直都在，没有散去。有的人的爱是一场重感冒，忽遇风寒，来得快去得快。**我的爱不是风寒，是胃病，是鼻炎，是默默来，隐隐痛，一直不肯痊愈，抵抗力下降时会突然来袭，让你无力还击。**只是旁人看不到，以为你是多么健康的孩子。

关于我的爱情。我知道我慢热，因此也学会了放慢速度去感受，去体会，去体谅。这是好事，还是坏事？艾明雅很是欣慰，于是有了那个感悟：最后的最后，才成了那个最好的人。

时间握着一把刀,没有血痕,锋利无比。时间把我削成如今的模样，并非我所愿，虽然我目前是看到了黎明前的曙光，但我未必希望你们都怀抱那样的耐心与耐力去面对感情。

因为太痛，因为在此前小半生，我并未遇到过一个真心珍惜我并且可以厮守一生的人。没有那样的境遇，谁会逼自己去理智，去独立，去做一个任何时候都可以挺立在街市微笑应对的女子？

**如果我可以，我希望你们撒娇、任性、单纯，甚至根本没有机会去应对那些不好的。**

所以我坚强，但是我从来不要求甚至鼓励你们坚强，因为你们是女子。

所以我理性，但是我从来都说，再怎么翻天覆地都是再正常不过的事，因为你们是女子。

## 2

我想，艾明雅如果回头看，应该会发现，十二姐最爱做的总结都是这两句话。一句是，这很正常啊。一句是，时间会给你答案，都会过去的。

**那些忍心去强迫你们改变本性、去顺应一切劣根性的人，都绝非真心疼惜你们的人。**

真的爱你的人，都只是因着一些微小的理由，或者因着你快乐。总之，都不会是因为你有多么强大，或者因为你有多么理性。

真的爱你的人，不管同性还是异性，是因为你的原本面目，而不是你披的那件被时光刀刃剪裁过的外衣。

所以有些孩子，看到那句什么，最后的最后，我们成了最好的女子，以为那就是要求她们不断妥协，为了爱情放弃这个那个，或者就是要改变对方，为了对方改变。那我只能说，你们的路还很长很长，因为你们连自己是谁、对方是谁这个问题都没有看清楚。

你是谁？你若不够清楚，那么任何的妥协改变，最后的结局都是清醒，都是爆发。说一句所谓的不后悔，那都是漂亮话，安慰自己的。凭什么不后悔啊？我这样好好的一个姑娘，又不缺胳膊少腿，因着爱，把自己扭来扭去，扭成你喜欢的造型，还没有得到应有的欣赏。凭什么要微笑，要安静，要淡然？我们不是圣女。不要穿双高跟鞋，就以为自己是莫文蔚。也不要穿个美体内衣，就以为自己是朱茵。**你就是你，一个有优点也有缺点的平常人。**

他是谁？你若不够清楚，那么这永远是一个错误的命题。题目都是错的，怎么可能会有正确的答案？很多姑娘都搞不清楚，为什么明明是同一个男人，开始和结束的感觉怎么差那么远？本来就是一个人，是你把那些美好固执地加到他的身上，是你把那些因着征服的激素变成讨好模样的他，当成全部的他。一个男人，不是只靠下半身思考的恶魔，也不是只有浪漫情结的天使。他们是一个人，就有很多面，就有很多男人共同具备的劣根性，就有男人的思考方式，不会因为你的思维而改变，也不会因为你完美得无懈可击就变得如幻想中一般完美。

只有明白了这些，才知道生活究竟是什么样子，才知道很多事都是正常事而已，并非遇人不淑，或者老天不公。

**在我最倒霉的那一年，我唯一得出的结论就是：不要太快去判断一个人，也不要简单把一个人定位成好人或者坏人。**

什么时候当你明白了这些，你就会开始少了很多抱怨，少了很多要求，少了很多莫名其妙的苛刻要求。

不喜欢他的发型？剪个头发还不容易，只要他愿意跟你去。其实很多男人根本不会像女人那样研究发型、脸形，假若他真是个时尚man，你跟他过日子，估计更累吧。

不喜欢他的穿着？大多数已婚男人的穿着，都是老婆的品位。为着这点放弃了真正的好男人的女人，估计很有可能在看到他们已婚之后，后悔莫及。

不喜欢他的满面油光？一个忙着赚钱娶老婆的男人，一个一心一意想找个好女子的男人，哪里有空去买合适的洗面奶？倒是把自己收拾得比女人还精细的男人，我倒怀疑他将来有几分心思给孩子换尿布？

## 3

**这世界，约会是一回事，恋爱是一回事，婚姻又是一回事。**可以找一个完美约会的男人，或许只能给你浪漫，却远不能给你长久的安全感与细水长流。女人的一生，需要一个哥哥、一个爹、一个情人、一个老公、一个老伴。可以兼任这么多角色的男人，当然很难遇到，你到底想要哪一个，你需想清楚。

同样的，这世上也有只适合约会、只适合恋爱，不适合婚姻的男子、女子。终其一生，他们都可能很难去改变，他们不具备在寻常日子里找到快乐和成就的品质。

所以，不要因为一个完美的相亲，一个完美的约会，就以为，这就是那一位了。

所以，不要以为一个错误的遇见，一个平淡的约会，就以为，长路漫漫。

那些在短暂时间内显现出无数优点的男子，只是在无数的战斗中学会了如何完美地隐藏缺点而已。

每一个普通的人，都值得我们多付出一点耐心。

每一个看似平淡的人，或许内心藏有一个海洋。

我们花那么多时间玩游戏，看无聊的帖子，八卦别人的生活，为什么却不能给予遇到的人多一点的时间？为什么不能给予那些慢热的人多一点展现机会？

**谁都不是火眼金睛，过分相信你的直觉，很可能只有一个浪漫的开始，却是一个糟糕的结尾。**

直觉？这东西，我只拿来挑选不影响生命的事物。对于一个万物之灵的人，只依赖直觉，我真的怕会错过很多有趣的人。

难道你不怕吗？

# 爱的时候好好享受，哭的时候好好号啕

## 1

本来我已经忘记有这样的一种感觉。

有些感情，不管是友情还是爱情，都是一种彼此对彼此的那段时光的见证，假如有幸一直走下去，就成了生命的见证。

关于这个见证，有很多很多的名字和形容词竖立在那里，像星星，会在某些夜里闪闪发光，串成思念的北斗星。

你将见证并且正在见证这段时光，同时也让我回头的时候，遥望过去的时光，深深感激每一段伤痕。此时的快乐就不再仅仅是一种直觉，更是一种肯定和鼓励。

这是我和你在一起之后，时常都会有的感觉。我想去见证你的梦想实现，也期待着你见证我的梦想实现，然后我们的梦想可以一起实现。

我试图去思考一些问题，但有些问题，比如将来我们分开会怎么办等根本从未进入思考的圈子里。不是说有多么笃定，只是觉得并不重要。

就像小时候，兴奋担忧或紧张的时候，辗转反侧，结果其实只是稀松平常的事情。现在即便束手无策的事情，也会想着千山万水都那么过来了，先睡了再说，先爱了再说。在爱的时候好好享受，在流泪的时候好好号啕。对我而言，快乐是悲伤的奖赏，悲伤是快乐的前奏。

假如失去你，那大抵是经历的悲伤不够，或者得到的快乐太多，不是谁的错。

假如失去你，那大抵是我们变得不再是相识时的样子，或者我们的人生还要疲惫前进，还停不下来。

关于爱，有多爱呢？爱是一种很玄的东西，如影随形。

关于在一起，什么才是最重要的呢？合适，彼此相爱，有相同的爱情观价值观。

假如失去你，那大抵是我们的爱不再那么如影随形。

假如失去你，那大抵是我们发现这三点不复存在。

这么想的时候，我害怕的是时光，而不是失去你的心。

## 2

**我们并没有爱到怎样深入骨髓，不过是想牵手一直走下去，见证彼此的人生。**

长相守是个考验，随时随地，一生。

这考验不常常是波澜，通常只是生活渐渐风化。海浪往往只是磨平石头，风沙却能造就千疮百孔。我们需要害怕的不是海浪，而是看似琐碎的风化。

而我现在，记录下这些，是希望将来回头看的时候，发现曾经有这么多足以抵抗考验的细小温暖，以此坚定最初的梦想。

紫霞说，我的英雄会踩着七色云彩来娶我。可是紫霞有宝剑，我们没有。我们没有信物去判断谁是那个盖世英雄，我们只有皮肤只有双手只有眼睛。当皮肤双手眼睛离不开的时候，会知道，是的，那是爱。虽然这爱里不再是完全的心无旁骛，有无数的小心思夹杂其中，却是比以往更坚定的坚持。

在此时此刻，我觉得，一起怀抱着最初的梦想的我们，是可以就这样一直一直走下去的。

我相信。

所以，亲爱的，假如失去你，抑或假如失去我，这从来不是一个问题。

## 有生之年，陪你看手心长出纠缠的曲线

开始，拥抱的时候总爱问：你爱我吗？这不应该是我的台词吗？你抢了我的台词，但是我喜欢这个创意。让我觉得内心满满的，软软的，就像大冬天我的小心脏盖上了一床刚晒过太阳的棉花被。

不知道什么时候开始，你不再需要这个台词了，换成拥抱的时候狠狠啃我一口。而和你在一起，我似乎不需要这个台词。从一开始，就不用。那倒不是因为我一直多么笃定你是在乎我的，而是嗅到了同类的气味。

艾明雅对我说，认识你久了会发现，你有时候真的很沉默很沉浸在自己的世界里。是的，最初我眼里的你就是这样的，那种感觉就好像看着另一个自己。那个旁人眼里，眼神放空看起来满腹心事的自己。其实，只是突然就游离了而已。这种发呆，是另一种专注。

看着那样的你，心里在微微笑，我觉得我们是有那种莫名的默契在的。一种旁人无法懂的默契，基于这种默契，很多事不用更多的宽容就可以释怀。晚遇见，有晚遇见的幸运和道理。我感激每一个让你成为如今的你的人。

你有你的很多坚持，你不会对所有的付出都理所当然地接受。你会在我开不开瓶盖的时候说：傻子，老公是用来干吗的？你会在码头等我，送我回家，然后凌晨再回自己的家。你会在我迷路的时候说：我怎么放心以后让你一个人出门。

不管你在其他人看来是多么冷静明晰，又或者是你们觉得的淡然自傲，可在这个男人面前，他会叫我小傻小傻。

起初对这个所谓的昵称非常抗拒，甚至会生气。可是久了，突然意识到那里面是温柔的在乎，就像用手轻抚头发时的那种温柔。

起初，我对这种烟火似的恋爱感觉陌生而疏离，好像它从未在我的生命中出现过。可是，渐渐地，感觉自然。不管是好的我，坏的我，聪明的我，傻的我，都能被那样的你拥抱。

起初，我觉得我并不擅长这样去爱一个人。我不懂表达心事，我不会撒娇装可爱，我不习惯汇报行踪，我不会表现热烈。只会静静地用无辜的眼神看着你，又或者在醒来时静静望着你。可是，即便你也许并不欣赏这样的我，却很少表达失望或者意见，你愿意去爱本来的我，不曾表现出要蛮横改造的意图。

**有些人的好处，是要慢慢体会的，因为有些人的好处，并不轻易摊开给外人看。**有些时候，开头看来并不好，但阴霾的早晨未必就没有一个阳光的午后。

我希望，现在的日子，对我们而言，只是另一段人生路真正的开头。我希望，往后的日子，有生之年，手心长出纠缠的曲线。我希望，回忆起那并不是一见钟情的开始，能让我们有更多的耐心和爱意去面对每一个人生的转折点。

我希望，尽管谁也预料不到结局，但都当成是人生中最后的一段恋爱一般去爱。我希望，谁也不能保证这是最后的一次动心，但是心里明了有个地方有一棵树，已经在那里生根发芽开花了。

我希望，我们的爱情让彼此更完美。或许像他们所说，将来，那并不能再称之为爱情，但有这样的你见证我的人生悲喜，并不令我恐慌担忧，它是一种喜悦，是类似夹心巧克力一样的喜悦，不知咬下去是什么，可是味道一定不会糟糕。

这句话，写在这里，作为生命的铭记。

# 有一段岁月，总要你一个人走

## 1

如果我自己一个人过得不够好，我一定没信心踏入婚姻。

某天谁跟我说，一个人在这个城市感觉很孤单。我不经意想起自己刚来这里的时候，过了半年多，身边亲近的人一个接一个离开了。她们说这个城市压力太大，这个城市令她们心伤。

接连送走她们的那段时间，我感觉自己有些自闭。不愿意出门，周末就是睡觉，睡醒了叫外卖。突然有天晚上伤心得无以复加，打电话给一个朋友号啕大哭。

那个时候的我该如何解释为什么会哭成那样？我不知道。我只是感觉，那一瞬间那个城市好像只有和自己才亲近。哭完之后，觉得丢人，挂了电话，沉沉睡去。再以后，再没有为这个伤心过，新的生活总会到来，只是不是每个人都能受得住煎熬。

我也不知道为什么会留下来，六年。我不喜欢这里，他们问，那为什么还要待这么久。因为习惯，因为不甘，也因为总归有了不舍离开的一些人。偶尔我觉得不依赖父母，对于人生来说，真的是件好事，虽然于内心来说，要独自度过很困苦的许多时光。

不是不想依赖，是他们始终摆出一副姿态，你看到了就知道，你这一生只有你自己才能为你的人生负责。在我人生中每一个重要选择的时刻,他们就是这样的姿态。于是,我也就习惯了昂头斩钉截铁地说，是的，我选择了我不后悔。

得失永远与选择相伴。

## 2

一个人住的日子，是积极的，是充满期望的，是始终坚信的，是努力赋予诗意的。**我现在很少看曾经的日志了，不是不想回忆，而是真的美好，永存我心。**

女朋友时常怀念，她说，那时两个人一起住暗无天日的农民房，却居然不觉得苦。白天都要开着灯的屋子，没有阳台也没有风景，没有热水器没有空调，没有电脑没有电视。现在想来好似真的有些苦，当时也觉得对她有些抱歉，她却说不觉得那么苦。

她说那个时候一起做饭一起洗澡，一起读书，聊心事，感觉人生忽然不同，变得乐观豁达充实。

我想，那是因为刚经历过艰难抉择的我，当时正在以十分的信心与乐观面对着人生，也就这样感染着她。

她不知道，那个时候我偷偷在被子里痛哭过好几次，但哭过之后绝不让别人知道。

倔强是要付出代价的，勇气是要付出代价的，真爱是要付出代价的。

这世界，最需要付出代价的事，不是别的，就是好好做自己。

凡事以所谓的维护内心之类的理由拒绝成长，拒绝面对，拒绝生活，这样的人，我永远不会相信他们可以保护得了什么。

你逃不掉的，站在那里什么也不做，最后的结果只有一个，就是等着成为别人的负累。

我很高兴自己在感情上遇到过的那些曲折。我怀念单身的那个自己，那是前所未有的无比好的一个自己。

即便现在的自己，内心也远不及当时美好良善。那时候，因为没有尘埃落定，充满希冀，好像人生的每一个转角都可能会有惊喜。那时候，不用考虑另一个人，随时可以背起包去看望一个想念的朋友。那时候，感觉自己还有无比多的潜能没有释放出来，感觉胸中有很多诚挚与爱可以去给予等待着的一个人。

现在，我懒了，我停下了脚步休息，我心安理得，不惶恐不忧虑。因为曾经那样的自己让自己心安理得，因为觉得灵魂里一直有一个那样美好的自己，不会背叛不会远离自己，比任何感情和财富都来得恒久。那种感觉，我以为就叫安全感。

# 我终于遇到了你

四个月前，我说：一个好的散步对象，会是一个好的人生伴侣。

我知道，会有很多人并不一定认同这个观点。

但对我而言，能在忙乱狂躁无聊的都市街头，不为着任何目的一起走一段路，相谈甚欢，十指相扣，我才有一定信心和这个人一起决定携手走一段人生路。

一个月后，遇到他，他说，你叫十二啊，足球的点球距离球门正好是十二码，就叫你点球吧，小名球球。被这个名字搞得哭笑不得，后来更是成为姐妹间的笑谈。如今，却真的喜欢上了这个小名。

三个月后，纵贯线深圳演唱会，他说这是他送给自己的生日礼物。

认识他以来，总是见他沉默寡言，若有所思。我的眼里，他的王国有墙有护城河，而我是个旱鸭子。

但是那一夜，他牵着我的手，和全场一起高唱那些老歌。

那是在深圳见过气氛最好的演唱会。

李宗盛唱，我终于失去了你。泪在心里流，我丢弃了那么多，以坚定那样的自己。李宗盛唱，曾经以为人生就这样了，平静的心不会再有浪潮。然后，人群中，我终于遇到了他。

那一夜，曲终人散，演唱会结束，风很大，我们一路走一路走，就这样自然开始牵手一起走了。那一晚，我被他细细绵绵的亲吻打动。

男射手 VS 女射手。

两个月的若即若离，在一场热烈的演唱会之后化为乌有。

那天之后的某一天，他说，墙已经被你这个小老鼠钻了一个洞。

之后。试探、思量，带着难以放弃的自我保护本能，开始了一段谁也不敢先笃定的过程。

但是，天冷的时候，他从宝安开车到罗湖，在午夜时候给我一个温暖拥抱。

他会开一个小时的车，为了一顿我做的饭。

他会在我做饭的时候，突然出现，从身后抱着我。

他会让人在满是玫瑰花的蛋糕上写：球球，生日快乐。

他会告诉我，未来三年，未来五年，对事业对生活的规划。

他会对身边的人讲，我有女朋友了。

渐渐，他会问，你想我吗？你爱我吗？

渐渐，爱上他的拥抱，爱上他的亲吻，爱上他的每一个微小举动。

虽然在这个时候遇见，都早已不是彼此最纯粹最热烈最浪漫的年纪，但我感激上天这样的安排，早一些不会这样心存珍惜，晚一些失掉了耐心与诚意。

然后，在一个看似平常的圣诞夜，从川菜馆出来，去了他极力推荐的小店，拎着两碗芝麻糊逛吉之岛。然后不知怎么的，在中信就要关门的时候，被他拉去挑铂金对戒。

我不知该如何应对，傻傻地跟着他从中信一路走回家。

在我以为自己对这样平常幸福的恋爱完全感到陌生的时候，在我以为我注定要远离这样的爱情时，我遇到了他。

我记得，凉子跟我说，在所有人都以为她要变剩女的 28 岁，她遇到了她现在的老公。

爱情如鬼魅，突如其来，全无预兆。

# 因为你，我终于落地了

## 1

当年的时候，我们都以为彼此坠入爱河，就是美好的了，就是快乐的了，就是发光的了。

后来知道，那不过是一个开始，从那之后还有漫长的路要走。任何美好的开始不都暗示是幸福的结尾，要有多努力，才能让那个开始不要淹没在悲剧里？假若要淹没，那我宁愿不要那起初的天旋地转。

朋友的父母，曾经也拥有这世上最诚挚最纯洁的爱情。城市女与农村男的夜奔故事，后来终究消失在灯红酒绿中。他的外婆当年拼命阻挡女儿下嫁，不会想到数十年后还会出现令她活到那个年纪还要怒打不再年轻的女婿的情景。

哪一对分开时怒目相向的夫妻，不是曾经依偎着呢喃细语过的呢？

想着这些，不是觉得悲凉，而是觉得任重道远。

**再伟大的开始，也不能让你有任何理由去懈怠。**

越是爱,越是要警惕自己的敏感和暴躁。有多爱,就有多容易委屈。

越是爱，越是不可骄纵彼此。总有不那么爱的那一天，那时的木已成舟，多么经不起撞击。

越是爱，越是不可理所当然。吃老本的爱情，迟早会血本无归。

越是爱，越是要好好对待彼此。难道我们相爱，不是因为要活得更好更快乐吗？

我知道，这些话，谁都明白。我知道，那些坏事，谁都不希望发生。

## 2

面对爱和时光，我们时常觉得自己渺小得不堪一击。

面对眼泪和未来，我们时常觉得无所适从，茫然失措。

可是，我还是想固执地好好往你的心里走去。

因为，到了某些年纪，恋爱，并不意味着我已经在你的心里住下来成为那唯一的住客。

因为，你知道吗？我最害怕的不是不相爱，而是你爱我，我爱你，可是最后我嫁给了别人，你娶了别人。我不要，我不想这样。

**往你的心里去，这是我的目标，一个骄傲但是并不高看自己的我，决定要去好好做一件事。**

而最庆幸的是，你也一样努力，像个成熟男人那样努力，让一个女人相信她的未来。

最最起初，我们都只是在努力，努力验证，这的确不是这浮躁城市的一段快速爱情。

然后，我们开始小心翼翼敞开自己城堡的大门，让彼此慢慢窥见里面的白天黑夜是什么光景。

然后，身心头脑真正完全接纳。

再然后，是最难以得到满分的功课：抵御怀疑，建立信任。**没有人可以无师自通，我们都要继续努力，一寸一寸去慢慢圆满。**

此后的日子才确信那些对未来的憧憬和规划不是海市蜃楼，不是一时兴起，是两个成年人真心的对白。

若你们问，难道这其中，我没有委屈吗？

当然有。

## 3

我在家等你，可是几个小时都没有消息，等到你电话时，离约定的时间已经过了几个小时，我只好自己打车去吃饭的地方。饭后陪你逛街，结果一进 ZARA 店，我就找不到你了。那时的悲愤和无力，简直让我想转身回去，再也不要见你。还好，还好，你找到了我。然后，牵着我向前走。那一瞬间，我就原谅了你。

时常，我酝酿好了满腔热情，正陷入剧本里，要倾诉的时候，你却在走神，一副若有所思的样子，让我一下子从沸点降到冰点。又或者，我想到你的好，正想抱着你撒娇或者说情话的时候，你却根本不接话茬儿或者直接一盆冷水浇下来，让我觉得自己就是一根刚刚被霜打过的茄子。

更冷场的情节，也不是没有。总爱刺激我的痛处，要求我减肥留头发，还似笑非笑地说：我的前女友都是长发。更欠揍的剧情也是有的，不仅大方地把旧情人挂在嘴边，而且手机电脑一概设好密码。还好，还好，我知道，我能看到你有一颗缺乏安全感的心。有些时候故意不合时宜，只是想验证你是被爱着的男人。你有你的世界，我并不需要全部占有。

你没有委屈吗？

我相信也是有的。

你的委屈，当时当刻，你都会掩饰得很好。

某天某刻，才会幽幽地轻声道来。

你说：你几乎从来不主动打电话给我。

你说：送你回家三次，你三次都在车上一直讲电话。

若你不说，这些无心之过，我真的不会察觉。

但是，好在这些都是过去式了。

## 4

现在，我知道那样的你就是你。那样看似潇洒，其实敏感的你就是你。那样又骄傲又害怕伤害的你就是你。那样看似欠揍，其实在乎的你就是你。那样努力，其实向往简单生活的你就是你。那样看着很清醒却很爱很爱我的你。

现在，你应该也知道，这样的我就是我了吧？看似精明其实糊涂的我，看似乐观其实伤痕累累的我，看似不黏人却是很爱很爱你的我。

但尽管如此，想到过去，偶尔我也会伤心。我在某天夜晚回来的路上，不争气地掉眼泪。发短信抱怨你，然后不接你的电话。还好，你马上飞车过来，抱着我说：我很爱你的。那几天，你每天有事没事就把这句话挂在嘴边，好似要把以前没说的都补偿回来。

我说：你把这句话存起来，留到以后哪天我想听的时候再说啊。

你躺在我身边说：不，我会一直说到老。

我还能说什么呢？

其实，就在昨天晚上，我特别想对你说：为什么爱你呢？你问过我。想了很久，现在我知道了。**因为你让我觉得，我爱得特别真实，那快乐那琐碎都是那么真实。因为你，我，终于落地了。**

# 人生最难的一件事，叫随遇而安

## 1

以前最无奈的时候，老人们劝慰说，随遇而安吧。每次听他们说这句话的时候透着对人生的很多无奈感，但话轻飘飘到了年轻人耳朵里,哪里听得进去。那个时候身边的人都在争,不争就是没出息没出路，随遇而安听着就像一种懦夫行为。

后来有个人跟我说，人活着就是每过一天把每一天安宁度过就好。每一天是多少天，每一天都一样，多无趣。

**我不敢说我懂了那些，但是至少我现在知道了要雄心万丈，每一天糊里糊涂的日子，才是懦弱而幼稚的生活方式。**

好久没有坐晚上的公交车回家，那天在车上摇摇晃晃，想起几年前的夜晚，我也是那样坐在公交车上望着那些大楼里的窗口透出的灯光，心里想着：我什么时候能在这个城市有个属于自己的房子？有个自己的家？那时候真的以为很遥远，几年后实现的时候，并没有像以为的那样激动和满足。

以前是以为自己有野心，但是处处都提不起精神摸不着门路。现在是野心没有了，只是希望自己能比以前的自己做得好那么一点，一年一年，这样就好。巴菲特说，最可怕的是复利，人生其实也不过如此。

这种转变，并非我自己遇到了多么惨痛的教训，而是亲眼见到身边曾经那么幸运的人，到了中年一切从头开始那种彷徨和失落。我是多么庆幸自己还年轻，还有时间一步步踏实地走。比起很多人更想快一点成为人生的幸运儿，我宁愿慢一点走。还有，随遇而安，不再强求。

**这就是人生。所有人需要去学习并且不得不一直坚持去做最难的事，只是这四个字：随遇而安。**

## 2

三年前我喜欢一首词，叫《长相守》。

我写道："长相守"何止是个考验，它还是对抗，是争夺，是抵制，这三个波澜不惊的字，底下藏的何止是暗潮汹涌？

今天，我想说，随遇而安才是最大的考验。它是无休止的对抗、争夺、抵制之后，仍能怀抱最初的那颗心，好好感受这个世界，好好体会自己的人生，对自己的人生际遇不抛弃不放弃。

对今天的我来说，已是最好的结局。

步入婚姻这件事，从前想过无数种局面，真正到了此刻，脑子里却不再有任何的憧憬和画面感。没有蜜月旅行，但是短期旅行我们还是坚持每年两三次。也没有特别惊喜和浪漫，就是每周拉手吃饭看电影逛超市，像许多平常夫妻一样。如果说有什么不同，那最大的不同是除了明晃晃的婚戒之外，我们时常忘记真的是已婚了。

但是又有很多事不容你去忘记，比如人生圈子从此简单很多，比如再也不用去对其他异性抱有什么期待，比如不管你去哪里总会有个人问你什么时候回家。

这一年，说过最多的一个词是回家，回家了吗？什么时候回家？回家吧，我想你了。

就是有那么一个人，不管刮风下雨、电闪雷鸣，他都会回家。就是有那么一个地方，不管什么时候，走远了，你就会惦记，会想着要回家。

小的时候，外婆每次来我们家不到一个星期就急着回去。我娘问：来了不多住几天，急着回去干吗？她说，好多事啊，家里要喂牛喂猪喂鸡，还得回去看看菜地。后来长大了，也会听到有人说要急着回家，因为衣服还没有收。那个时候，觉得真是好可笑的事，这些事有什么好在意的啊，出去玩多开心的事。

可是原来这样鸡毛蒜皮的事，你就是那样舍不掉。关于你的家，事无巨细都在你的脑子里，只有你知道什么东西是放在什么地方，哪一样是在哪里买的，是在什么地方带回来的。

我懂了，为什么恋人在分开之后，最迫不及待做的一件事情是搬离旧房子。

**你永远无法打败的地方就是这里，你的家。**

## 3

除了这些之外，人也开始变得傻乎乎的，不愿意再去思考很多事情，物质欲望陡然降低，不再害怕有一天会流落街头，每日睡到自然醒，最害怕的事情变成了世界末日会不会真的是 2012？

日子回头看，过得快如白驹过隙。但是每一日又如水滴一样，看着时间一秒秒行进。天黑的时候，望到外面的灯光，客厅里一切物体的阴影，不再有黄昏的孤寂感，而是静静欣赏那一刻所有物品在窗外车水马龙映衬下透出的一种静谧的美。

我常常忘记我经历过了一些什么人和事。偶尔想起来，那些又确确实实是在我身上发生过的事。我也不再看亦舒看得咬牙切齿，偶尔想到她在加拿大的住所里，风光无比好的书房里，会不会想起年轻时候的爱恋，那些写《喜宝》、《流金岁月》、《人淡如菊》的岁月。

一个女人的一生就是这样很奇妙的事。

遇到谁，都会迸发出完全不一样的火花。她们的故事，有时候看起来完全不同，但确实都是来自一颗心脏所经历发生的事。每一个传奇女性，都是有本事将她们的前半生后半生演绎得截然不同。

然而，那都是她。

我们都曾有过那样的岁月，恨不得雌雄同体，搞定自己世界里的任何荆棘：不管是灯泡水管，还是搬重物抑或深夜独自回家。那样倔强过，脸上写着四个字：生人勿近。以为这世界大部分的同龄男性都如此令人失望，如此无法仰仗。好像只有一个遥不可及的那个对的人，只有他才能了解你为何这样苦苦支撑着自己的整个世界，愿意用全部的心疼和怜惜来守护你的一帘幽梦。

可是呢，恰恰是那样的岁月，那样的一颗心，最不懂得什么叫首先是一个女人，然后才是一个人。

## 4

**走到今天的时光景深里，最最感谢的，还是时光。**我曾经埋怨时光像一把刀，不会管你舍得还是不舍得，已然痛下杀手。今天，我还是感激它的决绝蛮横还有霸道。

时光教会我最大的一件事是，这世界的爱情不是任何小说或者电视剧里描述的那样，一个人爱你是无条件的，是他人生与生俱有的使命，是他不可违背和颠覆的责任。不，没有人是必须要这样对待你。任何一个人，关于爱，都不应该因为爱或者不爱而被谁指责。在任何一段感情里，在你享用或悲伤的时候，都请记得，没有谁必须要这样做来满足你，因为一切都是有原因的。

**我们都太容易沉浸在自我的语境中，而忽略大多数人也有他们的语境，悲苦也是一样。**

在朝夕相处的日子里，在度过了磨合期之后，貌似我也如许多女人一样不再计较很多事，特别是一些或许在恋爱里看起来比天还大的委屈事。然而那真正的原因，不是因为我被岁月收服了。

那真正的原因是：你若不珍重另一颗心的可贵，你永远没有资格去得到他人的更珍视。这才是成人必须要接受的感情规则，四个字，将心比心。

此前，我们曾经或许能以爱的名义无情地嘲笑一颗捧上的真心，又或者哀怨一颗得不到爱的真心。但是从今往后的岁月里，十年，二十年，没有谁会再给你无尽的特权拿来滥用。

**请多给一些耐心和时间对待你身边的人，与爱情无关，只是因为他们可以仰仗的东西其实比你还要更少。**

请站在你今天的年龄，来看待爱情。你必须承认，有一天，爱情会变成奢侈品。以前爱情似乎伸手可得的时候，谁都任意来修理抛弃它。直到有一天，当它不再那么伸手就够得到的时候，却没有多少人愿意平心静气地接受它的改变。

你愿意接受的爱情，却并不属于你。你不愿意接受甚至都无法正视的爱情，其实就是许多人正在安心满足并且接受的人生。不为其他，因为大家拥有的多了，能付出的却越来越少。你最好的结局，就是找到一个给你真正你所需的那个人。

一个女人最大的可贵，不是其他，而是懂得做一个不苛刻的人。我以为我一直努力在成为一个令人如坐春风的人，但其实，这条路还很远。我以为我以前懂了很多事，但现在才知道，那时候其实根本就没有懂，只是对方好心地以笑容来回报我。

最后一句，感谢人生给予今天的我一个这么好的结局。

# 第三章

## 其实，最好的年龄才刚刚开始

# 热爱凑戏，远离铿锵

## 1

老妇人遇到英俊的剧作家，对他说：Come back to me. 他辗转反侧，终于回到七十年前。见到天仙般的人儿对他说：Is it you？答：Yes. 关于爱情，关于缘分，这一问一答是最好的解释，也是我最喜欢的台词之一。某段时间，某人总是热爱凑这段戏，以取悦我。

凑戏是一种美好的生活态度，尤其对于只爱好爱情剧和动画片的女子来说。最浪漫的事，莫过于一起窝在沙发上，看到男女主人公拥抱，彼此情不自禁地深深拥吻。最适合亲吻的时刻，最适合亲吻的音乐，最适合亲吻的人，还有什么比这更完美？老夫老妻对着电视，彼此问候一句："Is it you？"那一瞬即找到人生仿若初见的感觉有何不可。

我和我的同事小九，平时隔着三米远的办公桌，偶尔在电梯口遇到，都要故作小鹿乱撞似的说一句：好久不见，然后深深拥抱。我们热爱这样的凑戏。快乐无法假装，却可以自找。因那么欣赏彼此，所以可以厚着脸皮找各种拥抱的理由，慰藉各自的生活。

每天二十四小时在一起的闺蜜，某天她特地绕半个办公室跑过来喊：十二，抱一下。在她熊抱的间隙，我惊诧地问：今儿是什么日子？小花骨朵般身子的她弱弱地哼一句：感恩节。

这三个字就如同打雷一般击中心里最柔软的地方。

## 2

就像我和艾明雅，一群人站在KTV前等着人告诉房号，她的小黑丝袜腿却悄悄缠过来，媚媚地说：亲爱的，等会去哪儿啊。惹得旁边人爆笑，我还要假装身形伟岸般地讲：跟着爷走，有肉吃。

多么感激身边有这群爱凑戏的女人。然后，时常想，妈妈那辈儿的女子，有那么那么多闪光的品德，却从不肯当众放肆地开一场玩笑，也从不会跟她的男人撒娇索要一样心仪的物品。忽而就心疼起来。

我是她的女儿，曾经也是多么铿锵的女子。年少时候，男孩爱慕，忐忑地递布娃娃给我，我却看也不看地丢到地上，冷冷地说：我们之间不可能。假若时光倒流，我绝不会如此亵渎一个男孩的自尊。

十年过去，铿锵的女子不再。实在是，生活中需要铿锵的地方着实不多。**留一点铿锵即可，从头到脚的铿锵，只会越铿锵越苦。**

小九说，即使今天面前是一个五块钱的盒饭，也要抱着拆礼物的心情掀开盒盖，发现好多肉就要开心地笑。

难怪我那么欣赏她。她是我的金句女王。

# 和你见面总觉人世短

又是华灯初上
车在石头路上颠又转
和你见面总觉人世短
幸福泪湿眼眶

## 1

听这首歌的时候，我大约只有16岁，高中二年级。我把Walkman的耳机线穿过左边的袖子绕到左耳，然后用头发掩盖。一遍一遍听这个叫堂娜的女子唱“我偷了一夜和你续迷惘，我知道缠绵乱了终须断”。

每晚，塞着耳机，骑自行车在路灯下狂飙。尽管经常被人撞倒，依然不改横冲直撞。然后，偷偷躲着写着所谓真诚的信，不谈理想，也不谈天长地久。

那个时候的恋爱，都是偷来的。偷来的时间，偷来的每一点滴。信是一封都不敢留，看完之后，打开窗户，一张张全部撕碎，它们就飘飘扬扬地掉落下去，在16岁的夜晚。然后躲在被子里，一个字一个字地写。再把信纸，层层叠叠摆弄出各种模样。

甜蜜吗？不，我除了记得这些行为外，已经丝毫不记得信里的内容。虽然，我相信，那里面一定有很多美好的字句，美好的情节。我似乎从来不敢奢望感情可以长久下去，好像它们终须断，终须断。于是迷恋这一句歌词，于是迷恋《别恋》，也迷恋那个高高瘦瘦的背影。

记忆果然是最不靠谱的东西。你们是否曾和谁有过约定？谁又曾经承诺过你们什么？开心完了，甜蜜完了之后，又能记得多少？

## 2

我就是如此悲观的女子。骨子里悲观的人，却有着乐观的笑容。一如，卑微的姿态，才能开出最超脱尘埃的花。

在往后的日子里，看惯那些犹豫不决的分分合合，已经比看偶像剧还要麻木。只剩下欣赏那些奋不顾身的姿态，因为业已做不到。有勇气的女子，是我永远的偶像。她们可以每一次都那么认真，那么投入，那么跟着他走，最后无论结果如何，还可以相信，还能再爱一次。不试如何才知道，谁是你命中注定的人？

听到她们说这些话，微笑。公主在找到王子之前，需要亲吻很多只青蛙。这真是一句美好的话。

我们听惯了太多不像谎言的话变成谎言，分不清真假，于是宁可相信那些在大实话的凉薄里开出的花。所以，公主是真的，青蛙是凉薄的，王子是半真半假的。如此的组合，可以不用跌到谷底，还能不埋没那样一些乐观。

自然界的生灵们，在长久的时光岁月里，早就练就各自的保护功力。

可惜再怎么保护，触角还是那么不安分地乱动。嗅到一些诱人的气息，就忍不住蠢蠢欲动。我们这些个动物气质，深入骨髓，无法改变。

你说你不相信了吗？我知道，那只是说笑。你不是不信，只是改了信仰。以前相信最美好的诺言是，嫁给我吧。如今，却退缩，退缩，退缩到两个壳都安全的距离，再偷偷伸出触角，看战斗系数可否承担这一场乱世迷惘。

美好的《海角七号》里，爱你爱到死，你若敢劈腿，就去死一死。女人们的战斗指数，不停升级到NN代。那么一点信仰却不停萎缩萎缩。萎缩到，你若爱我，我才能爱你。你若不爱我，那你肯定是青蛙，不是王子，挥手拜拜，祝你们愉快，我会一个人活得精彩。

# 女人不痞，闺蜜不喜

在你哭泣的时候，忍住不去安慰你，不然你会更加泪如泉涌，会将心哭成一个空洞，好似站在荒野里，听到它在呼呼地漏风，那些安慰只会把那漏洞撑得更大。也不要给你讲大道理，你不会听，心里想着，在那些时刻还要逼你去想道理装懂事的人，一定不够爱你，滚远点，留你一个人吧。

宁愿是一个痞子，对你讲粗话，讲小色情的话，不能把你当公主，一当公主你就开始犯贱。一定要把你当成是住在城乡结合部佯装脆弱时尚的小姑娘，只有我知道，你是真的可爱真的很 fashion，昨天才刚刚老老实实做了面膜，所以即便哭，那也是梨花带雨白里透红。

任何一个看着乖巧其实闷骚的小姑娘，都曾在某个年华，喜欢过痞子一样的男生，逗她们笑，擅长跑题，从不许诺山盟海誓，但是一定会为你打架，帮你出气。

现在，那些小树木一般的男子已然开始兢兢业业地假模假式地奋斗去了。

从现在开始，我会在你身边，像个痞子那样爱你，接纳你，包容你，做狗头军师，讲狗血笑话，刻薄地对待除了我们之外的一切牛鬼蛇神，让你捧腹大笑。当然，必要时也会很暴力，在你絮絮叨叨的时候，一拳挥过去，让你清醒点，流点鼻血，促进新陈代谢。

还有那些成年人不屑送的小礼物，很便宜，但是很适合拿来讨好你，因为我是个特别拉风的痞子，虽然是月光族，但是不用装大款就能让你有安全感。

在你面对男人流口水，头脑发晕的时候，毫不客气地贴个“贱”字在你脑门上，看你还敢不敢没心没肺，见色忘我。

在你一把鼻涕一把泪的时候，陪你秋风扫落叶般痛骂这个万恶的社会，贬斥这个处处都要竞争上岗的制度，然后让你看到我激动地要带着你跳楼时，幡然悔悟，紧紧抱住我的大腿，苦苦哀求生命还是美好的，我们要好好活下去。然后，我再假装和你一起悔悟，互相勉励，回过头各自洗洗睡了。第二天，继续在这万恶里颠倒红尘，能吃能睡。

在你羡慕妒忌以及变态地发狠说要减肥的时候，死命夸你那些只有萤火虫一般光亮的优点，让它们变得比繁星还闪烁。在你羡慕才女的时候，夸你的美貌。在你妒忌美女的时候，夸你的文采。在你嫉恨别人薪水的时候，夸你的贤惠。极尽跑题之能事，十分钟之后，已经开始商议今晚去哪里腐败，再不提什么劳什子标准三围尺度。

除此之外，绝对不在你血拼的时候，扫你的兴。像个痞子一般豪情万丈地搂着你说，喜欢就买吧，我吃饭你就不会喝粥。在你试穿高跟鞋的时候，鼓掌叫好，比售货员还忘情地催你买单。

记得你所有的生日纪念日节假日，当然还有你的生理期。

在那些不是生日纪念日节假日的日子里，每天说情话给你听，偷偷给你惊喜，让你捧着花，招摇过市。警告你身边的男人，如此瑰宝，倘若不小心呵护，立马就给你撬走，带她私奔到天涯海角。

然后私下拿着大棍，叫你不可耍太多小性子，要妖娆要撒娇要爱美要穿性感睡衣，要将心比心，要自力更生，要自己找乐，要好好奋斗，要有私人小金库，要多藏点金银细软。

如此这般，才是合格的海枯石烂的闺蜜。

我知道，因为这样，所以才能那样相爱。

## 我在地球，曾经的我住在月亮上

小丸子远行回湖北的前一夜，我们早早上了床。两人都无睡意，遂展开卧谈。

丸子：我对你没有你对我好。

十二：我知道。有一天，我病了，你是第一个送我去医院的人。

丸子：我对你不够关心啊，你脾气也好。

十二：在这个城市，你对别人，也不会比对我更好了。

然后丸子满意地去睡了。

以前大家都问，小丸子和十二会吵架吗？会分手吗？

**这世界哪有不争吵的姐妹？哪有不赌气的夫妻？**

我们都是普通人，有怨气有冲动。遇到鸡毛蒜皮，都很容易顾不上道德和姿态。但我们还是相互依靠的姐妹，我生病了，丸子会递药给我，然后去厨房做饭；丸子不高兴不舒服，我也会默默进厨房给她做好吃的。这已是难得的情谊，夫复何求？

丸子走了四天五夜。这几日，夜夜晚上落雨，幸好有桃子来看望，总算觉得没有那么孤单。她睡在我的位置上，我睡在丸子的位置上，也还能安睡到天明。

想起《大浴女》里面，尹小跳听到陈在给妻子打电话，就知道多年的婚姻是多么强大的力量。他知道她的喜好，天凉了她哪里会痛，他习惯了回家换哪双拖鞋，以及每天睡在床的哪一边。这些微小的事情，或许称不上爱情，却比爱情更坚固更难以改变。

说到这里，又想到丸子常常说："我们真的只在一起住了四个月吗？我怎么觉得好久好久。"我常常笑她，不知时光匆匆。自己转念一想，我又何尝不是总觉得相知多年。

**时间从不停留，人心却能自由臆想和测量它。**多年前，部落格里有一个栏目，专写那些曾经的过往，我取名为"光年"。很多人问，光年是什么意思？光年是不可追的时光，回头转身一看，似乎很近，但确实又已很远。你和曾经的你的距离，大概就是一颗星球和另一颗星球的距离吧。

**我在地球，曾经的我住在月亮上，她绕着我旋转，我却只能在某一些夜晚看到她折射出的银辉。**

我告诉她，你知道吗，我似乎终于变成了曾经你想成为的人：平淡，安然，面上少有波澜，眼里深藏过往和心事。不争不吵不闹，静然独立。不会再在深夜时，想打电话找个人哭泣。亦能勇敢地独自走在街头，不惧怕灯光。

可是，我想问她：为什么我越来越惧怕？惧怕流逝的光阴，惧怕离你越来越遥远，而我依然没有找到下一个寄居的星球在哪儿。

# 我们该不该妥协

## 1

你发来短信说：我们又大吵一架，天崩地裂。我问：吵架原因？她说是因为衣服。我说，那么睡一觉之后再决定。

她彼时已经暴躁，于是暴躁地说：你不是不看好他吗？那么说点什么让我解脱吧。我回：亲爱的，我还是那句，睡一觉之后再决定。

**我们都是可以一夜长大的姑娘，睡眠是对症的良药，比一切降火凉茶都管用。**第二天清晨醒来，如果还是打定主意，那么，你自然已经知道该怎么去做。事实上，对我们来说，大多数事都会在醒来时变成芝麻绿豆般微不足道。

在这个年纪，说心已老去，真是太矫情。说实在的，我们只是发掘了那条通往自我意识的路径，所以太容易就响起警报。当对方越过边防的时候，当面临被侵占甚至被改造的时候，那警报犹如丝袜的破洞、指甲上的裂痕一样，某一秒就能让你暴躁，张牙舞爪。于是，有了妥协。这妥协渐渐变成生活的某一部分内容，让人厌烦。其实，在多年前，在没有妥协的概念前，我们觉得那是理所当然的牺牲和付出，为了爱。但现在，妥协更多是为了节省精力，保有生活能量。

因为人生开始不再有大把时间拿来揣测、挥霍、伤感、躲藏，因为开始需要大把时间拿来应付奔波、计算、计划、争夺。**爱稀薄了，这其实与伤害无关，只不过是你步入了另外一个阶段，你开始要去适应那个时候的你该以什么样的姿态去爱去生活？**

## 2

说起来，真正的伤害，有多少人曾经历过？当年的痛哭流涕，现在想来，似乎也不过真的是一阵冷风。吹过的时候，顿生凉意，但还不至于有多么撕心裂肺。

有那么多的人，不分开的理由，轻微得简直让我难以置信。我的一个女同学说，因为她害怕分手后不再有人送她去上班，所以她无法舍弃。我们正好相反，因太过敏感，因相信自己是强大的，所以警报时时作响，总轻易地就萌生退意。

**在两个人的世界里，女人自视太强大或者太弱小都是一件可怕的事。**前者妥协太难,后者妥协太廉价。太难,太容易放弃对方。太廉价，对方会放弃你。这也是为何，我们需要一个势均力敌甚至稍微强势一点的男人，彼此都有付出，互不亏欠。

我们都在试探对方妥协的底线在哪儿，得寸进尺不是好孩子。到了后来，不愿妥协，往往是因为被得寸进尺给逼累了。当得寸进尺变成习惯，彼此已经无法再解释或者再沟通，只有彻底撕裂才能知晓对错。

要找到一个愿意让你妥协，并且知道你的妥协并不廉价的男人。**你要试了才知道，妥协的出路不在于妥协本身，而在于你的妥协于对方眼里有多少的价值。**他若看得到，你会心甘。

关于妥协，还有一点。如果一开始就知道自己绝对无法放弃的东西，不要强迫自己去妥协。因为一旦开始，就不再有回头路，落棋不悔，你要明白。

最后的最后，希望你不要再有在这个城市你一无所有的念头，被这种想法折磨的滋味太难过，我试过，我知道。我也曾向某人大喊，这城市有你的亲人你的朋友你的事业，而我什么都没有。他说，你有我啊。可是抱歉，你无法变成全世界。我的安全感需要的是一只三角凳，否则我时刻觉得要摔倒。

但我现在知道我的底线在哪儿。我可以扪心自问，我离它并不遥远。

# 慢慢来，该来的都会来

## 1

这是一个看来的故事。

我并没有亲身经历，心却因此痛了。

曾经有一个女孩儿。从来不舍得为自己添置什么时尚的东西，什么便宜穿什么，就是那种丢在人堆里，绝不会闪闪发光的女子。突然，她失踪了好多天。重新去公司的时候，她的同事闻到一股浓烈的香味，带着冷冷脂粉香，好像一个宿醉晨起的夜女郎，穿着高跟鞋，焕然一新地出现在办公室。携香而行，那香水叫黑茉莉。

**能让一个女子这样改变的，当然只有爱情。**

黑茉莉有一个相恋了多年的男人，是她的同事，在公司前程似锦。这个男人忽然快速宣布了婚讯，据说新娘是客户老板的亲戚。霹雳般，这个从不起眼的狗尾巴草瞬间因情伤变成了黑茉莉。

可是，一年后，黑茉莉，她病死了。

写故事的这个人，是这个女子的同事，我极喜欢看她分析香水的这个博客。

在她博客里看到这个故事，闪电一般刺痛了我。

我一点都不为她被甩了而伤心，我伤心的是，这朵黑茉莉的香气如此短暂。这个朴素的她，刚刚懂得在这个世界里带着自己的香味，御风而行，就被天使带走了。**人生里那么多来不及的事，甚至可能还没来得及找到一个欣赏她香味的男子，就这样转瞬间，人没了。**

## 2

那天晚上，和艾明雅躺在酒店的大床上。她说，某个性感陈经常说："你知道吗，北京路每年不知道有多少小白领死于车祸，就是那种和我们一样每天都努力打扮得漂漂亮亮去上班的小白领，结果某一天就再也回不了家了，我们为什么还不及时行乐呢？"

及时行乐，我是不支持的。没有底线的太过自爱，我做不到，我有我在乎的人，我有我不想伤害的人。但我想，我这二十几年，已经比很多同龄女子赚得多，爱过痛过无悔过失眠过亢奋过浪漫过奢侈过被宠过失宠过承诺过背弃过潇洒过矛盾过坚持过。

一切一切的经历之后，到如今，我仍然有梦想有憧憬相信爱情愿意为爱付出努力工作珍惜朋友，还有那么多欣赏我爱护我照顾我思念我的人，多么值得骄傲，这远非钱可以衡量的。**我从来都觉得自己很富有，我从来都相信我不会是穷人，所以慢慢行，慢慢体会，不着急，该来的都会来。**

可是，黑茉莉呢？上天对她未免有些残忍。

于是，越发感激上苍。

## 3

记得最近一次分开的时候，艾明雅问：“照惯例，这次有什么训勉啊？”我说：“你已经懂得了底线和分寸，哭过痛过之后也懂得了自爱和选择，除了再努力一点，没有其他可以说的了。”她微微笑着说：“现在的你真是我认识的最好的你，前所未有的美丽。”我告诉她：“偶尔照到路边的镜子，笑一笑，发自内心地觉得自己比以前美丽，真的。”

我们都对彼此放心了。

拥抱一下，在火车站入站口干脆地转身，一如既往地不依恋地各走各路。

其实，我知道，虽然从来不说留恋，但是我们都那么高兴地遇到了彼此，然后就这样开始见证彼此的人生。

**苍白徐行已经过去了，如今的如今，我们要丰盛热烈的美丽，不管前方是什么，坚持做最好的自己，把未来交给上苍。**

# 女与女，亦可怜香惜玉

## 1

**隔着八丈远也能闻出对方的气息是否可以愉悦你，这是动物本性，无论男女或者女女之间也都一样。**我爱赫本的蒂凡尼，但也不妨碍我爱茱莉的祖母绿；我爱赫本的公主皇冠，也不妨碍我爱茱莉的妖娆黑裙。一边是天使，一边是潘多拉；一边是道与德，一边是人与性。

幼时就爱看美丽的女子，对她们总会多一些宽容，常常喜好亲吻白皙女孩儿的面颊，所幸那时亦无蕾丝也无同性恋一说，否则我小小年纪断然会被视为歪理邪说，搞不好架上火堆。现在是不会放肆吻同性了，但却热爱与她们调情凑戏。

某女说，每日上班要与女友调情五分钟，方能清醒干活。我大笑，想起某女情人节那几日夜班遭短信骚扰，野花打油诗极诉闺怨，我连忙安抚，她方肯乖乖睡去。而今日更愤恨地说：我征服了她的胃，要抛家弃子，搬来与我同住。可过两秒钟，又悲哀地说：可惜床上之事，无法与你解决。我不禁莞尔，此事还不好解决，同去猎艳即可。她就连忙欢快起来。

说归说，调情完毕之后，该煮饭的煮饭，该洗澡的洗澡，该伏案的伏案。**哭泣的时候，谁也无法为谁送上那个肩膀。但心底里知道，彼此是病时的那碗汤，那碗粥，可以相濡以沫，共守秘密。**

当日病时，彷徨不知，冷夜里烧两大壶热水方敢去睡，还好有她们日日电话短信来安抚。病床上，小九下楼跑到医院后巷端一碗鸡肉粥，递给我，还烫着。没有眼泪，却知道自己始终会记得。他日，虽无法赴汤蹈火，却也在所不辞。

你们的礼物与安抚在此，一一在心里谢过。

## 2

曾有某男问我和艾明雅，倘若你们同时喜欢一个男子当如何解决？我和她异口同声地说，我们会摊开直接谈，没有非争不可的男人。这是射手女子的处事方式。一堆乱绳，要么一刀切断，分分明明，要么找到结点，一一击破。藏着掖着，暗度陈仓，不是我们热爱的方式。听到这个答案，某男不信。等他转头，我和艾明雅会意地笑，倘若真有此事，我们必定在遇到某男的第一天就开始探讨，哪里等得到摊牌之日？就像小宝和酒鬼，谁是今晚夜宴的主角，都不重要，重要的是我们站一起才是真正的艳冠群芳。

**这世间有人是方，有人是外圆内方；有人是圆，有人是外方内圆。对于我们来说，确认过眼神，只认那些人。气息不对的，只能在方之外，**

**进不到圆之内。**

你们，是可以进到圆心周围的人，是可以调情，是可喘息打滚，是不怕露出半人半马真相的人。这种快乐，不亚于把酒寻欢。别人是酒逢知己千杯少，我们是清茶闲谈深夜还嫌早。只不过我们只谈情，不亲吻，不做爱。但是总归不会像对男人般，还要划分为可谈情的，可做爱的，可嫁的。

# 纵然兵荒马乱，也要风轻云淡

像我这样的女子，总是容易选一条不靠谱的路，然后不撞南墙不回头。

悲伤的时候不说悲伤，委屈的时候不会流泪，难过的时候佯装坚强。**把微笑和安静当武器一样装备在身上，忧伤就开始学会钻入夜里和梦里的空气里挥发。**

在告别的时候，挥手拜拜，心里其实波澜一片。在心动的时候，静静看你的侧脸，心里默默涟漪。在天冷的时候，缩成一团，自我取暖。在对着镜子的时候，赞美自己，当作对自己的微小宠爱。在想念的时候，发呆神游不说话，你不会知道，其实你在我心中有多么重要。

今天艾明雅离开深圳。来深圳之后，极其避免面对这种分离场景。这个城市，有太多的人来，太多的人走。我记得五年前，大学最好的女朋友离开深圳，为了避免房东收违约金，她一大早拎着行李投奔我。清早突然下起雨，我撑着伞去接她，两个人都淋得够呛。后来火车站送别，我知道她此次是一去不复返了。想到一起满怀憧憬地在一个清晨从武汉坐火车来到这里，现在只剩我一个。后来的后来，一直忧郁了好久。

**看不出伤感的人，更容易累积伤感。**还好是在 KFC 道别，而不是看着她的背影缓缓走向安检处。

她一边啃着汉堡一边貌似潇洒地说，你走吧。我看到她鼻头红红脸颊红红，其实眼睛里无限惆怅，依然坚定地转身离开。我不会回头，我不是回头的女子。可是，心里不是不难过的。

夜不成眠。温润，淡定。说来容易，这背后有多少失眠夜。

爱哭的水瓶座女友，有一次想到我，给我打了个电话，边逛街边流泪。其实，我真的不希望你们中的任何一个人，为我落泪。

# 让时间慢下来，让美丽精细起来

## 1

我们都在等待。

我和小丸子，每天最大的心事，不是其他什么，而是等待。

有的时候，等一个电话，谁打来的并不重要，只是希望有个铃声响在那个房间。有的时候，等一个雨天，凉爽地睡一场。而大多数时候，我们都在等明天。

无疑，小丸子是这个城市最关心我的人之一。她的关心，有很多种方式。

每月底，她都会去查星座，然后兴高采烈地发给我。当然，她也会同时把她的运程发给我。财运、桃花运、事业运，我们当然知道不是星座说了算。但知道的那一刻，便有了期待，有了把握，于是就有了快乐。其他的方式，包括她会告诉其他人：十二爱吃什么，十二喜欢什么，十二不喜欢什么。她笃定这些，说的时候自豪骄傲。我在旁边静静地听，内心欢喜。

我们也常常探讨明天。

关于明天，我们有过很多约定和设想。

三月的时候，约好以后每周都要爬南山，每周都要打羽毛球，我要帮她把身体弄得棒棒的。现在，我懒了她也懒了。

四月的时候，说好还要一起去咖啡厅，点一壶茶，对坐着，偷得浮生半日闲。之后又去过一次，冰激凌很难吃，茶很不地道，再没有了往日的情怀。

五月的时候，早早商量一起出去玩一趟。“五一”我却去了南宁，她没有玩伴没了兴致。我有些愧疚。对于生活，该愧疚的实在太多。

六月，我飞去北京。走的前一夜，两人都无睡意。我知道她担心什么。人说伤别离，尽管不在眼前，潜在的别离已然让她开始有些小忧郁。我安抚着她，她安抚着我，两人却仍忍不住在黑夜里叹气。

好吧，七月来了，七月有很多故事。关于小丸子，关于我，这个月都有人来有人走。

## 2

我习惯走在路上挽着她的细胳膊，凉凉滑滑的触感很青春。她说，将来有钱了，辞掉工作，买架钢琴，找个老师学弹琴。我笑，她从来都是个愿望简单的孩子。其实曾经，我也想过，找个老师学工笔画，画牡丹，画花鸟，画鱼画仕女，一笔笔勾勒，让时间慢下来，让美丽精细起来。

看到这里，你也许会有些小伤感，并且回忆起一些曾经的许诺曾经的愿望。

亲爱的，不要难过。有些诺言，有些愿望，在说出口的那刻，它们闪着光多漂亮，这是多么美好的事情。有一天，你习惯不再轻易承诺，你习惯不再轻易有愿望，那个时候韶光已逝，年华老去。

**现在的现在，我们还有等待，还有明天，还有很多想要完成的计划，还有很多的异想天开。这是财富，我相信的。**

南风知我意，吹梦到西洲。《西洲曲》不仅属于爱恋，还属于偷来的闲情。

## 幸福或者有趣，都是自找的

这个城市，偶尔也会发现令人莞尔的事。

某个夏天的黄昏，西装笔挺的男生，摘一朵花，放在鼻子底下嗅。

某个秋日的清晨，有人一手拿公文包，一手牵一只彩色的气球。

某天，发现每天都路过的那条街的转角，蹦出一片小花田，满是向日葵，虽不蓬勃却也盎然生机。

这或许就是我喜欢住在这里的原因。总还有一些人在停下来慢慢走，然后才能发现有些花在一夜间开放，有些路在一夜间充满色彩。

跟苏苏说起路遇的这些小事，她也说真有趣。于是，想起来汪曾祺写沈从文：说有一天沈看到一个胖女人过一座桥，突然就难过起来。他很不理解老师为何为这个胖女子难过。我觉得，大概是文人心里脑里总有一幅画，布局妥当了，却发现生生地被破坏，顿时怅然若失。

我也会这样怅然若失。日子久了，便学会不再提前设想许多。因为多半不会发生，倒是多出不少莫名烦恼来。这就应了四个字——庸人自扰。

其实，女人多半都爱庸人自扰，尤其年轻的时候。不过，豆蔻年华，那叫梦想又或者叫绮思。而如今，大家叫意淫，事情还没发生，都能意淫出许多出来，这就是女人的思维。可爱在于此，烦恼却也在于此。

年少的时候，远游前，兴奋到半夜都睡不着，构思着一部部微型小说。后来真的去了,尽管不能一一实现,并且往往扫兴而归。下一次，却总还难免再臆想。

如今已知，发生的当会发生，真发生之前再来构思也不迟。**人生需要事先设想好并且做好心理准备的大事实在不多，倒是许多事，根本由不得你思虑太多，已是箭在弦上。**

发现这些转变的时候，我知道有一些东西正在悄悄远去，但并不可怕。无法企及的东西太多，失望少了，淡定多一些。**幸福是自找的，不幸福也是自找的。有趣是自找的，无趣也是自找的。**

# 女人懂得那肌肤里的暗语

每次说到头发，我总是会想起一个发型师。那家店在哪儿，我已经不记得了，朋友带我去的。

那天，他拿起剪刀问我：想要什么样子的发型？我说，你看着办吧。他就开剪了。到了最后，他说想给我后面剪个半弧线。我有些忐忑，问是什么样子。他有些霸道地说：剪完就知道了，一定好看。我信他，因为他是个寡言并且用心的师傅。我喜欢认真的人。此一生，我都不会选聒噪的人给我剪头发。后来，的确很好看。

他说，很多女孩儿很漂亮，却不自知，真可惜。我记住了这一句话，并且时常想起。因为，我也常常会觉得可惜。

我喜欢观察别人的脸，熟人的或者陌生人的，尤其是女人的脸。每次看的时候，我都会想：她知道她的某个地方某个表情特别漂亮吗？

比如小丸子。她笑并且得意的时候非常可爱，眼神很清澈，天真满足的样子，让人愉悦。她吃 KFC 的时候，就好像什么不开心都没了，看着上校鸡块就像看着情人一样温柔。她趴在沙发上睡着的时候，安然恬静，缩成一团，婴儿般的姿势。

比如另一个女友，她想问题的时候，眼睛总会滴溜溜转，像个孩子。她想跟你聊天的时候，会用手指轻轻戳戳你，提醒你一定要回答她说的话。冬天的时候，她冰冷的手摸过来握住我热热的手就很开心，占了小便宜的样子，很温暖知足。

我不知道，将来她们有爱人的时候，他们是否一如我这般知道她们看到什么听到什么就高兴？**其实，如果他们能够在她脸上多停留一些就懂得了，可这或许就是男人与女人的区别**。这也是为什么，男人眼中的美女，女人并不一定认同的原因。

女人懂得，那肌肤那表情里有暗语。

# 一个人的苍白徐行

我把指甲涂成黑色，看着它一点点斑驳。我轻微的强迫症和无法更改的完美主义倾向，就在那斑驳间强烈地冒出头来，然后，我再把它们按回去。

我常常想努力为一种物品痴狂，比如指甲油。所以，我最近很强烈地喜欢上“酗”这个词。酗是一种动态，一个好孩子，是强烈的渴望，是拜物教天后的癖好。你可以酗农夫山泉，酗益力多，酗屈臣氏燕窝面膜以及酗绿豆稀饭。说到皮肤，在经过一个月反复过敏之后，她终于恢复原貌，这姗姗来迟的恢复，让我心生感激，小心翼翼地呵护着，生怕她一个闹情绪，我又再次心如死灰，自怜自爱。

好不容易恢复靓颜，兴致勃勃出门，却晕倒在南山的石阶旁，我在那一瞬间失去了对这个世界的一切意识，没有酗，没有过敏，没有经济危机。几十秒之后，我听见小丸子因惊吓发出的声音，以及杂七杂八的路人的声音。在朋友打 120 的那一瞬间，我清醒过来，按住他，让他不用打了，我没事了。然后悠悠地望着这世界，这南山上的树，这南山上的风。

小丸子在旁边手足无措，不知道再晚点，她会不会给我做人工呼吸。

这次晕倒,让她很意外。在她眼里,我是那么强悍的人强悍的身体，导致了在昏倒的前一秒，她还以为我在跟她撒娇。

医书上说，你的身体除了接受食物外，还接受你一切的情绪。如果如此，那生病和晕倒都是身体跟我撒娇的方式，她们只有如此，才能讨得更多的重视和宠爱。否则，你哪里记得她们，又哪里想得起来那些辜负。

我的身体让我知道，其实很多事我都没有放下，她们只是默默被我忽视，却总在我一个人的时候跳出来刺伤我。

就像我看到植物的时候，总是会想到很多事。看到这城市的紫荆花开了，想到那年那条街四月的紫薇多么繁盛。看到凤凰木和木棉，想到跟着你在林叶间穿行的日子。然后，另外的一些凉薄也随之冒出来。这些，我只能如贝蚌一样，默默，默默，等着这些过往都成为珍珠。我总是希冀着，身旁的人只见珍珠，不见苦痛。或许就是如此，我看不到谁值得我托付后面的大半生。

**想找一个人，你什么都不对他说，不用撒娇，不用流泪，他就知你需要什么并且自愿安抚，那是奢望。**我明白。可我依然固执而苍白地徐行。

# 自信是信自己，而不是信路——写给艾明雅和你

## 1

有一段时间，我们几乎每日一封 E-mail。后来你说，你想把每天的日子写给我看。时间长了，我习惯了去看你的记录，我们休戚相关，不知从什么时候开始。

昨日收到短信，有很多话想说。

近来我比以前暴躁，因为承担了更多，因为不再比以前更能吃苦，其实这种种的原因，不过是那些属于更年轻时光的姿态一去不复返了。同样，这大概也是你暴躁的原因。

我问你：我不是没有努力，也不是没有忍耐，为何没有得到我想要的生活，难道是方向错了？你说，曾经的你对这个城市抱有太多幻想，因而走到这么糟糕的地步。

亲爱的，我知道，这些妄自菲薄的言语，是被弄花的指甲激出来的，非你本心。看着并不比你成熟多少的狮子，以及他的酒肉朋友，在厨房收拾忙碌后，望着刚做的指甲被弄得一团糟，心如死灰。这并非你

对生活的期望。

那么，我们来想一想，当你年幼的时候，你的母亲在做什么？

在我真的开始懂事了以后，我想起我的母亲，365天，不管是否生理期还是春夏秋冬，因为她的女儿饿了，她就要进厨房忙碌。她不需要做指甲，也不需要担心妆容是不是花掉，当然她也不会考虑头发是不是分叉，抑或睫毛膏的问题。事实上，到现在她都很惊诧这世界上有一种叫睫毛膏的东西。

而现在，你看到了你家太后的50岁女人的精彩生活，你大概忘记了曾经的她是什么样子的。而她们更早的时候，像她们女儿那般大的样子，我虽没见过，但也差不多能想得到。她们一辈子都在为“家”努力，所以她们值得拥有如今的一切。

当祖母，结婚生子，这些话挂在嘴边就好，真的到眼前，你们未必可以确定，那个职务比现在的工作，更让你们胜任。不要把婚姻和祖母的晚年当成逃避的幻境和借口，那只会让你更偏离你所想要寻找的方向。

**而努力和忍耐，不是一种过了期限就可以从此抛之脑后的事，它们属于因为有所期待，所以愿意放下的事。**

是时候重新问问自己，你对这个城市的期待是什么？你对他的期待是什么？你对自己的期待是什么？

同时，我也要恭喜你，因着反思和质疑，你值得拥有更好的生活。

虽然我也做得不够好，但每当我如你那样一般质疑自己的时候，我是这样告诉我自己的。

加油。

等一个那样的我，等一个那样的你。

迟早有一天，关于爱情，你不再波澜起伏。

不是因为心灰意冷，也不是因为憎恨抱怨。那种感觉，像平静的水面，知道太阳底下必定波光粼粼，知道弯弯曲曲流向何方，懂得波澜都不过是一种曾经，藏在水平面之下。

终于有一天，开始知道，你所想要的是什么生活，你所想要的是什么人，更为重要的是，你要怎样才能收获幸福的保证书。

## 2

《欲望都市》里 Mr. Big 说：纽约有那么多美女，但是有一天，你只希望遇到能让你笑的那个人。Mr. Big 还说：我这个年纪，再被人介绍说是男朋友，有些不合适了吧。

说实话，我不喜欢 Big，因为他身上有着中年男人的通病：懦弱和闪躲。为了维系自己固有的王国的城堡，他们可以冷酷可以逃跑。对生活的笃定和麻痹，又吸引着他们忍不住去触碰爱情。就这样颠来倒去，十年，他才漫不经心地在厨房里对着 Carrie 说：假若婚姻是你想要的，那也未尝不可。假若结婚的对象是你，我并不介意再跳进去一次。

十年，他才笃定，他的确有勇气可以负担这些了。

**相爱继而决定相守，这真是世界上最需要探索精神和最需要将军般意志的事情。**女人可以为之乐此不疲，男人却未必一直有那个心情。于是兜兜转转。一旦意志力松懈，分分秒秒就可能 game over。

幸而，他们人生的最终目标都不是婚姻。所以，终于等到一个最舒服的状态进入婚姻。

## 3

我也在等。

当我忙忙碌碌地飞来飞去的时候，当我在夜里无法沉沉睡去的时候，当我面对电脑屏幕敲下 love 这个词的时候。

我知道我在等一个结果。但是,此时此刻,我不再需要等一个英雄。

一个脚踏七色云彩的英雄，有一天他会牵着你的手，告诉你，跟他走。

我不再怀抱着这么一个童话故事，去圆满自己的笃定。是的。我的世界不再需要英雄。

我要的是我自己。我要的是看着那样一个我，能够满怀欣喜的人。我要的是，遇到那样一个我，能够一起思索两个人可以如何走下去的人。是我们一起走下去，而不是，一个人走了那么远，另一个疲于奔命地追赶。

**等一个最舒服的自己，等一个彼此都舒服的状态。**我喜欢在这个状态里行走的自己，尽管时有失落，尽管需要坚强，尽管波澜不停，尽管还有很多答案在云山雾罩中看不清面目，尽管很有可能将一直在路上，没有永恒终点。

关于幸福，有一天，你不再要谁来给你定义。不是不再有爱，不是不再有绮丽梦境，不是不再有心动，不是不再有勇气。只是学会跟着感觉走，紧抓住梦的手。

抓住梦的手，向前走。那梦不再是虚无缥缈的空中楼阁，不再是电视电影里让人泪如雨下的情节，不再是香车宝马，也不是珠宝华服。那是一种切切实实的生活，不是仰仗谁的承诺。

那答案在你的心里。

艾明雅说：我的人生到底该往哪里走？每个人给的答案都不同。

**我回答她：自信是信自己，而不是信路。**你相信自己可以走通这条路，而不是相信这条路可以成全你。这才是人生。

某女说看到《蜗居》，内心愁肠百结。

我顶着北京的风望着这条短信，心里想：你可知你那样的义无反顾比那上演的悲欢离合真实得多，可爱得多。你可知，因为遇到你这样的人，多少人得到安慰，多少人得到释放。

是的，我们就是现实版的《欲望都市》。努力赚钱，去买那么一朵钻石花。但绝不为了那么一朵钻石花，丢了自己，丢了人生。

假若我爱你，也不过是你值得我爱，也不过是上天让你遇到了我。

假若你爱我，也不过是我值得你爱，也不过是上天让我遇到了你。

# 我们不是女文青

她在广州。

我在深圳。

我们之间亲昵的称呼很多，有时候，她会叫我小妍头，我喊她大婆。

有一天，她说，亲爱的十二，我们开始 E-mail 吧。我举双手双脚赞同。

于是，我们开始彼此见证在两个城市的生活，分享那些喜怒哀乐。

有一天，我要把这些信出书，留给我的女儿。

亲爱的十二：

今天又开部门会议，每次一开这种会议我就很烦。把人生与业绩挂钩，业绩与钱挂钩，人就与钱挂钩。虽然我很想做到像你在邮件里说的那样“写字楼不是我们人生的精彩所在。看懂这点，很多事就无所谓累不累”，但是不可避免人是有欲望的，而此刻我的欲望就是最大限度地提升自己。

你知道我妈跟我说什么吗？“你到了二十四岁，要是还没房子没什么，你就给我收起你那些所谓的恋爱，回来按我说的嫁人。”她非常了解物质对于人的控制力，也洞悉婚姻不过是吃饭穿衣。我该绝对抵抗吗？你我都不会相信我是个为爱情奋不顾身的人。我们俩都很了解自己，知道自己的贪婪也知道自己的纯真。天使与魔鬼在内心，后来都服从魔鬼而已。

生活就这样一天天过下去，谁都不了解真相，却都懂得用物质捍卫自己的青春，才觉得不至于亏得那么厉害。最后会怎样，谁知道呢？心里却总是堵得慌。

亲爱的艾明雅：

天使与魔鬼同在。更多时候，我相信我们的天使还是站在上风。我们的父亲母亲都是强势的人，很多渴望，好像是与生俱来的一种挑剔，不仅仅是因为物质欲望。

不管如何，那份对心的宠爱是不会改变的，即使是恶魔，那也是为了更美丽。

而婚姻，那真的更像赌博与机遇。

但你的人生，不是由你妈妈来决定的。不过既然她说那番话，说明她对“他”并不十分放心。她也更明白，再美丽的女子，工作也是底气。

希望你快乐。快乐是一种能力，继续保有它，这点比淡定要重要得多。

记得前些年有个热带风暴的名字叫“蒲公英”。

还记得曾经有个台风叫“浣熊”。

是谁给它们取的名字？好多人应该都想知道这个答案。

人类是一种可以最有趣，却也可以最无聊的动物。

有趣的时候，他们可以念着台风的名字，望着窗外风云突变，冷风习习，感觉自己是渴望春雨的一棵树。无聊的时候，他们想着很多怪异的事，想着台风怪异的名字，什么都不想做，什么也都不肯做。

有人问我，你在家都干吗呢？

我说，浇花、喂鱼、拖地板、看书。

他说，你真是一个小资女人。

我像只小刺猬一样地辩解，我不喜欢泡咖啡厅，我不喜欢抱着电脑到星巴克装腔作势，我去西餐厅一定是因为那里的东西挺好吃，绝对不是为了小情调。

他还是坚持说，你，很小资。

我的一个朋友，我每次提及“文青”、“作家”这样的词汇，她就会像一只小怪兽一样怒目圆睁。她心里的想法我看不到，我想象得到：不不，我是文盲。

我说，你是文盲，那我一定是个村妇。

我们也不知道自己怎么了。

或许是因为承受过严苛，还是因为见过太多有学识有思想的人类？**总之，我们时常都喜欢自己是一只妄自菲薄的小动物，看不懂人类花哨的生活方式。**

在我拿着小喷壶给每一片叶子洗澡的时候，我觉得自己变简单了，简单得像一条鱼，没有很多脑细胞，不需要思考。但我真的望见一条鱼的时候，我又有些悲伤。我本来买了一对，结果它们从来不在一起玩，后来小红死了，小黑游得要比以往欢快得多。难道它是一条宅鱼，它喜欢独居吗？

**鱼，不懂人的世界，人的世界太庞杂。人，也不懂鱼的世界，鱼的世界太细微。**

隔着玻璃缸，我们大眼瞪小眼，想着各自的心事。

以前，有许多人不说我是文青，那时候这个词还不太流行。他们用的是一个成语，多愁善感。

你是一个多愁善感的女子，他们这样说。

因为捕捉到了一些小情绪，因为对文字的那么一些偏好，不知不觉我就变成了一个多愁善感的人。

很多年，我都很抗拒这个词。凡是这么说我的男人，都被我在内心悄悄画上小叉叉！

可是现在，我又接触过很多人之后，我低头了。是的，我承认了，我是个多愁善感的人。

# 女子拿什么安抚不安的自己？

## 1

曾经在豆瓣看到一个帖子，说我们无奈地被生活QJ，很多年前，我只要求对方是初恋；后来，我们只希望是初吻；再后来是初夜；到了最后，只希望不是出轨；最后的最后，只希望不是外面另有一个家。

可以装进无数情绪的爱情，被这样地反思与总结，看起来真是糟糕又无奈，凉从心底起。

很多孩子在下面留言并且咆哮，好像他们已经看到了人生感情最悲哀的一面。

你们真的知道什么叫悲哀吗？

我见过在最叛逆期突遭父亲车祸死亡的女子，十几岁懵懂不知却已看尽树倒猢狲散的世态炎凉。然而，在我遭遇感情背叛号啕大哭的时候，她紧紧抱住我。第二天一早我跟着她去了她家，老旧的小平房，她的母亲煲好一锅汤，我们三人围坐着一个小桌吃饭，我觉得那真的是难以忘怀的美味，治愈了我的悲愤。可是这样的孩子，早早就学会了绝口不提那些世事悲哀，和母亲一起努力再努力，相信总有一天生活会比从前更美好。

我见过一夜间好像突然失去了一切的女子，婚姻碎了，爱人是个骗子，房子没了，从挥霍无度到负债累累。可是，她不能放弃自己，因为亲人因为女儿，她必须要为自己的软弱与冲动埋单。她时常跟我讲一件事，多年前，那个人还不是如今赫赫有名的创投界大佬，那个时候权力斗争失败后的他，除了忠心耿耿的司机和少数几个朋友，那些受其恩惠和他一手提拔的人无一人愿意给予他援手和支持。可是如今，那些人怎么会料到他又成了一方大佬？

**大多在成长期父母慈爱、生活平顺的孩子们，莽撞活到二十岁，一睁开眼，居然要立即面对挫折、失败、失意、痛苦，却无力阻止和扭转任何一种局面。**

## 2

时代的悲哀，80 后的悲哀，不是因为时代变迁之下，他们成了价值缺失与利益膨胀这两者严重错位的牺牲品，而是他们人生的前二十年，少有人告诫他们如若不努力就必然成为时代的牺牲品，也没有经历能让他们早早明白这一点。

发现得太晚，有时候比来得太早更容易令人绝望。

有人说 50 后多好，早早占着最安稳的职位。怎么不去说他们少时忍受的贫苦与成长环境中爱的缺失？这也是他们名利双收之后变得最茫然的原因。

有人说60后多好，投机倒把者成了最先富起来的人。怎么不去说他们少时在动荡之中的惶惶不可终日与离散之苦？这也是他们不舍放浪不羁、内心总觉不完整的原因。

有人说70后多好，稍微混混就成了时代的中流砥柱，领导着80后在手下奋斗不息。怎么不去说他们有着逃离大锅饭打起旗帜奔向浪潮前沿的勇气？反观如今的公务员考试大军，情何以堪？

我们凭什么说自己是几十年来最悲哀的一代？又凭什么觉得时代的机会已经瓜分一空，你我都是可怜人？

## 3

起初我带着偏见觉得《明朝那些事儿》不过尔尔，估计又是拿出点野史忽悠想从历史中寻求慰藉的众生。

然而，看完王阳明，看完徐阶，我终于明白它能如此畅销不止的原因。

不论是否符合史实，又或者有多少杜撰虚构的成分，有一点是无法令人忘怀的，那就是在宦官当道权臣厮杀的年代里，却始终有一群人心怀不可磨灭的风骨。而作者看到了这一点，并将之放大，他相信一万个人眼里有一万个哈姆雷特，然而一万个人都只可能同时被一种东西打动，那就是灵魂的不屈与坚忍。

越是在这样看似群雄并起、风起云涌的年代，真正的智者越是会横空出世。涤荡混乱，重新树立价值标杆者才是真正的智者。从孔子到王守仁，他们都是当之无愧的时代领路人。

越是在看似体系沦陷、无所适从的年代，越是会让人急切反思，早早明白自己内心所需执着的东西到底是什么？凡所见所闻的80后意见领袖，不管他们走的是哪条路，至少那是他们心之所愿的，可以奋斗不止。

我所见的悲哀并不算多，我所经历之困境也不算深刻。你要问我，我相信这时代能为我所用、听我所愿吗？我不相信。**但是我相信，我要走的路、我需经历的痛，不是时代的罪，也决然不能全部归咎于时代。**

每个时代有每个时代之幸，也有每个时代之不幸。无一例外，无一幸免。

你要问我，为什么说那些貌似反思的思维决然不能称之为反思？因为那些不过是将自己置身围城，喊出一些困兽之怒而已。你才活了多少年，凭什么去质疑人生？又凭什么去给社会下定论？凡只以你或我为一切思维出发点之人，断无法明晰自我或者明晰世界。这世界有他自己的高兴和不高兴，就像地球也有他的脾气与不安，谁都不是高枕无忧的。

还有许多人，伤过几次，恨过几次，就断然认定爱情这东西都是骗人的，都是虚无的，都是不纯粹的。那是你自己的故事，这世间不是所有故事都是这般。能不能改变，谁说了都不算，但你若放弃，更加无人为你做主。

我所说这番话，绝无批判任何人之意。

读史明志，你我皆不过是历史之中小小一鸿毛，任何人都有机会让几千几万人听到自己的忧伤与不安。你说，这是幸还是不幸？

## 春日怏怏，女心何在？

三月的时候，滨海大道的木棉开得如火如荼。每天从那些树下经过，总想写点什么。一日一日过去，她终于一棵复一棵、一朵复一朵地谢了，我还是什么都没有写。

四月的时候，南山脚下的三角梅开得旺盛。这个花没有木棉看起来那么贵气，贱贱地在路边，却霸道地开满一整片，铺满了一坡又一坡。不只弥漫，她还缠绕着那些树，让那些未曾开花的树也红火起来。可是我想起那些鸳鸯三角梅，想起那花鸟市场的草草木木，就总是会惆怅。于是，还是什么都没写，什么都没放下。

到了五月，我最钟爱的凤凰木也开花了。我从来没见过她开花，我一直盼望着，自从在梧桐山见过她优雅的倩影后就盼望着。她开花了，绿树上的红云朵朵，我看得心花怒放。每次路过，我都要跟丸子说：你看，真漂亮。她就赶紧瞄一眼。我想着，我该写点什么了，在这个春天已逝的日子里，不然连钟爱的花也要谢了。

我想着木棉，想着三角梅，想着凤凰木，甚至是即将要满树花开的紫薇，心中泛起很多皱纹。

是皱纹，不是波澜。波澜是清浅的，是跳跃的，是可以抚平的。而皱纹是深重的，是惆怅的，是熨烫不了的。那深深浅浅的褶皱里，有已经丢失的东西，不可捡回，也无从去捡。

**花开花逝不由人。你懂得很多，可是能做到的很少。这就是人生，是选择。**就像那些花儿，不等你懂，她们就不在了。等到你再想去好好欣赏，一春已过，又是一春了。

# 那一年，她为我开过一扇门

## 1

那个时候，我们还只是神交。从西安到深圳，路途遥遥。她就拎了一个箱子，少少的夏装，就来了。

在梅林的山水酒店，夜深人静，卸了妆，真是个年轻简单的女子。我们素面躺在床上，聊那些伤痕故事。她皱着眉头不屑地说，你怎么那么傻。我听了就笑着反问，你又比我好到哪里去。这样傻傻地互相嘲笑一番，依旧不忘憧憬一下未来，再慢慢睡去。

那个时候总还是年轻的。我们一起找了房子，大大的卧室有个小小的阳台。十月，清晨的风吹着白纱窗帘，特别美好。我至今仍然记得。

不管多晚睡，她都会早上6点起来洗澡，然后仔细化妆。其实，我更喜欢卸妆后的她，瞬间仿佛就是另一个人。她却说，这个城市不会让另外的人见到那个她。她需要那些深深的防备和很多的刺，让她觉得安全并且疏离。而妆容和高跟鞋，给予她勇气，让她变成另外一个人，笑对酒杯和陌生人。

我承认，我们，天壤之别。

我不穿裙子，不穿高跟鞋，不化妆，当然更讨厌觥筹交错的饭局。她总是无奈地看着我急忙洗把脸，就忙着往外冲。我甚至穿套装配球鞋出门，然后把高跟鞋放在办公桌底下。因为，我穿上高跟鞋之后，最远的行动范围只能方圆一千米，摇摇晃晃一点也不妖娆袅娜。

晚上，我安静地在家看电视看书。等她回来，满身酒气，傻傻地讲笑话，对着我说：我好饿，我想吃冰激凌，我要吃鸭脖子。我起身去煮面，偶尔蒸个鸡蛋羹，然后一起躺下。她说，那个时候整晚整晚失眠，听见我的均匀呼吸，简直痛不欲生。

之前说好了，我要照顾她的。到最后，却是她洗衣服，她做家事，连带衬衣长裤，也总是为我熨得平平整整地放在衣柜里。她说，皱巴巴的怎能穿出门？

## 2

当年的我，那个没心没肺，每晚安睡的小孩，哪里会懂她究竟为何需要勇气，也不懂她的时而痴狂，时而阴郁。即使到现在，我也从来不敢说全然懂得。

但她素颜望着我安静说话的样子，不哭也不闹，好像那些事都不是她经历的。那种神情，那么打动我，尽管那是我有史以来最穷的日子。

后来，不管她如何在城市之间来回辗转，却总是唯恐我受到伤害，怕我不能好好照顾自己。我在她心里，似乎一直就是那个穿着拖鞋素面朝天就敢出门见人的小女孩儿。

只是因着她，我开始穿高跟鞋了，开始穿裙子了。忽然间，发现另一面的自己。她为我打开了另一扇门。尽管门里面的那个世界，未必都是快乐，却是必须经历的。

**对女子而言，早熟或者晚熟，都不是好命运。早熟太伤痛，晚熟太辛苦，不熟最好，一直那样不懂。**这世界，有一些女子是好福气的，总有人去早早地替她们承担，总有人去替她们思量决定。所谓傻人傻福。可惜，我没有那样的福气。所以谢谢她替我开的那扇门，早来总比晚到的好。

多年后，看到自己卸妆后的容颜，总是觉得似曾相识。我们走的是不一样的路，但因是一样的女子，所以懂得，所以愿意给彼此更多一点的慈悲。这世间，未必一如我们想得那么悲伤残酷，可是因为靠得那么近，眼里看到对方的伤痕会比旁人看到的更伤更重。其他人隔得远，怎可看得清？

人和人之间的关系，说起来就那么一些名词概念。坐定下来的相处模式，却各有各的不同。有一些人，你未必懂得，却还是心存惦念，好像上辈子欠过她什么。而有一些人，你自知他们对你的影响至深，虽然他们从来不知。

那么，心里清楚，就这样也不是不好的。

# 25岁比我想的更美好

## 1

旗袍，清淡小菜，白米饭，是我的挚爱。

先是买了两件旗袍，一件藏蓝，一件红格子。穿上的时候，店里的人一个劲儿赞叹，让我实在不好意思说不买。

又血拼了两件半身旗袍。一件艳俗得让我欢喜，孔雀与玫瑰，全手工的五彩丝线，简直明媚艳丽得让人没法说放弃。另一件是拼布样式，丝绸棉布绒布，有点民族又有点花瓶。和之前那次一样，一试穿，连带店里的顾客都变成了托儿。

发誓最近再也不进旗袍店，连路遇都不要！

这个让我一直视为过客的城市，因为习惯而变得可爱起来。习惯对于生活来说，真的很重要，省心省力，虽然偶尔觉得懈怠或者无趣，但是安全。就像多年的婚姻，琐碎得令人讨厌愤恨，却不是那么容易放得下甩得开。

午夜的咖啡厅，罗汉果玫瑰茶很甜很暖。罗汉果是这个季节的宝贝。对面的女子苦口婆心地说：十二，真的对婚姻不要抱太大期待。刚想回应，却被旁边的人捂住了耳朵，告诉我不要听不要听，你要快乐你要幸福。

想到这个片段，喜泪交错。

她们说，你知道吗？婚姻的好处是你可以理直气壮地要求这个人待在那里，你可以随时随地打电话给他，你有权利知道他在哪儿他在做什么。那种理直气壮和权利，只有婚姻可以给你保证。

她们说，和任何一个男人都过不出花来。再风光的男人，在家穿上拖鞋，照样是个无趣的邋遢男。他一样会无理取闹，会莫名其妙。

她们告诉我这些的时候，没有人捂住我的耳朵了。我不能骗自己，听到这些的时候，心中冷风阵阵，就像光着脚走在空无一人的大街。那冷，不是因为有多么期待或者梦幻，只是被那理直气壮打倒。

## 2

理直气壮地去对待一个男人，多么难。

可是，我真的不相信那是值得妥协的原因，却找不到什么理由来辩驳。找不到。但我还是想坚持。坚持清淡小菜，踯躅前行，盛装等待。

这么久以来，突然有了想哭的冲动。我默默地在家洗洗涮涮，刷厨房，拖地板，收拾梳妆台，熨烫衣服。忙忙碌碌，然后模糊模糊那些想法，不要让自己流泪。

想起挽着爹走在灯火霓虹的街道，我们聊了很多。我想他终于理解了，我为何执着地坚持独自生活？因为走的时候，他没有再提及那个让我头痛的问题了。他们是最盼着我有归宿，却也是最怕我不幸福的人。

就像我给艾明雅的信里写的：25 岁，比我想象的要好得多。没有以为的那么恐慌或者悲哀。在曾经可以颠倒众生的年纪里，美丽而不自知。**如今，或许不如自以为的那么美丽，可是我却比以前更爱自己。所以，继续执着，至少在还不肯懦弱的时候。**

# 总有一天，前半生一笔勾销

## 1

几个女人凑不到一起喝下午茶，只能在网上叽叽喳喳。

刚认识的时候，大家都是单身，风花雪月地说着憧憬，好像钻石香奈儿都在眼前，尽管白马王子还远在天边。

只过了一两年，就都变了。谁也不会再问，那个爱我如生命的人在哪里？谁也不会再去想，此去经年，还能一直摆着那个公主范儿，十指不沾阳春水。

是生活改变了我们，还是我们改变了生活呢？是遇到的男人改变了我们，还是我们改变了，所以遇不到那个该遇到的人？

她说你应该理直气壮地要求被宠，而不是像这样要强地撑着。

不，我此生都不可能成为那样七情六欲全放在脸上的女子。有多任性，就有多软弱；有多依赖，就有多微小。放弃那么一些懦弱，去保全多一点的自我，这才是合算的买卖。若这些都不懂，哪里有资格说“我已做好准备跳进婚姻里去”？

小蜜说，在我未婚以前，从来没有人教我应该怎样怎样做。那时候塞钱给公婆，不要还不开心。这下好了，被他们当软柿子捏，才想起来该如何奋发向上，活出自我。

谁不是边受伤边成长？

## 2

**一部女人的史诗，没有那么多血雨腥风，却也是山路十八弯，在每一个转角，碰壁了才有机会学到什么是弯道超速。**

譬如子君，一切都来得太顺利，恋爱结婚，孩子生了一个又一个。突然有一天，老公要离婚，连亲生亲养的女儿都批评她——你辛苦吗？我不觉得，我觉得你除了喝茶逛街之外，什么也没做过。家务是用人做，钱是爸爸赚，我们的功课有补习老师，爸爸自己照顾自己。妈妈，你做过什么？可怜是因为爸爸抛弃你，可恨是因为你不长进。

她才知道，涓生有了女人，全世界都知道，连 12 岁的女儿都知道，唯独她被蒙在鼓里。

她才知道，别的女人也会垂涎我丈夫，而我丈夫，也不过是血肉之躯，难经一击。

她才知道，这些日子我过得高枕无忧，原来只是凭虚无缥缈的福气，实在太惊人了。

原来主妇是如此不好当，因为不工作，所以工作就是家庭内所有的事务。不管有何差错，都是你的错。孩子不听话是你的错，与老人不和睦是你的错，衣服没熨平是你的错，连饭菜咸一点也是你的错；

喝茶逛街善于交际是错，不懂当下脱离社会也是错；太风骚不庄重是错，不懂情趣不幽默也是错。

**这世界最需要三头六臂的不是那些CEO，而是一个大家庭的主妇。**

反正总之，十多年的夫妻，恩爱情义，就此一笔勾销。

再吵再闹，就是不识大体。冷静冷静，多争取些对自己有利的条件，以免无家可归，才是正事。

终于，重归冰火城市。

她说，小时候我是个美丽的女孩儿，等闲的男人不易得到我的约会，但现在不同，现在我比较懂得欣赏非我族类的人。

她发现，在外头讨生活，人的心肠会一日硬似一日，人怎么对我，我怎么对人。

她嗟叹，如今这样的小人物竟成为我的庇护神。人生的阶段便是环境的转变，此一时，彼一时。

就这样，有一天，她也有了自己的一方天地。

她令憎恶她的人失望了，因为活得这么好。

以前你四平八稳，像块美丽的木头，一点生命感也没有；现在是活生生的，眼角带点沧桑感——有一次碰见史涓生，他说他自认识你以来，从来没见过你比现在更美。

失去丈夫，得回美丽，嘿，这算什么买卖？

划算的买卖，美丽值千金。

他不再是我的主人，我的神，我不必回头，这一仗打到最后，原来胜利者是她，战胜环境，比以前活得更健康，但是心中却无半丝欢喜。

## 3

在深夜的市区散步，风吹来颇有些寒意。她穿着件夹旗袍，袍角拂来拂去，带来迷茫，仿佛根本没结过婚，根本没认识过史涓生，她这前半生，可以随时一笔勾销，抬起头来，看到今夜星光灿烂。

再回头看涓生，这个与她相伴小半生的男子，一个她曾以为是天是地是保护神的男子，被一个打麻将时笑嘻嘻将他的手放在大腿间的女人勾走了魂魄。原来真的不过是一个寻常男子。

至于后来，她是不是可以寻找到真爱，她是不是可以再有一个家，又有何关系？

她已不是昨日的她。

翟君说，子君，我们结婚如何？

你想清楚了？

当然。

其实，外头有很多二十来岁的女孩儿等着嫁你这样的人才。

这我早二十年已经知道。

真平淡。

爱情小说中的爱情都不是这样的。

然而这么平凡的经过，在旁人嘴里，也成为传奇。

子君与唐晶。

一个先结婚然后才尝到人生百味，一个尝尽酸苦最终修得正果。

总有一天，前半生都会一笔勾销，后半生都是新篇章，要做新功课。

唐晶说，一般女人觉得我们运气奇佳。

子君答，我却觉得她们条件奇差。

到底要多努力，才能让旁人看起来是毫不费力？

有时候我会想，假若没有离婚风波，会是什么样子？

大概子君还是子君，打牌逛街，遇到翟君这样沉默安静的男子，大抵三两句寒暄完就会觉得没意思，转身走掉吧。

**不破掉一个旧世界，安能有机会砸出一个新世界？**

只是大多数人，还是安逸于旧世界的。

# 我的风骨，源于她的骨血

## 1

最爱吃的巧克力先是德芙，后来变成了雪吻。因为迷恋那种入口即化的滋味。除此之外，我还酗农夫山泉，酗橙子，酗绿豆稀饭。

在食物的问题上，我向来是极有原则又极固执的人。

我喜欢在吃的时候，一边大饱口福，一边得意地想，这个可以补充维生素，这个可以美白，这个有胶原蛋白，那个可以丰胸。这些想法让我感觉自爱，并且不潦草地生活着。

为了不潦草地生活，我很小就开始去留心与积累关于生活的很多奥妙。还在上小学时，做完作业就开始翻日历。那个时候的日历总是有很多生活小贴士、营养学常识之类的东西。当别人都在沉迷武侠小说、言情电视剧的时候，我已经很实在地开始学习在菜市场与小贩斤斤计较。

我的妈妈总是害怕将来有一天，我面对着开水手足无措地大叫。殊不知，现在的电水壶都是自动跳闸。于是，我被她教育成那样有风骨的女子。

十几岁的时候，舅舅大婚，酒宴散场的时候，我坐在台阶上号啕大哭，谁劝都不听。身边人都在问：这是谁家的孩子，怎么哭得如此伤心？而我只是想哭而已，没有理由。之后，再没在众人面前哭过。

读书时候，被男生取笑或者欺负，永远都是冷冷站起来，推倒他的桌子，转身就走。他们叫我小辣椒，背后皆言我太傲气，我引以为豪。那个时候想做可以一手遮天的女子，内心里疯狂喜欢着一个叫卡莉·菲奥莉娜的女子。喜欢她精致的套装，黑色丝袜，以及那么锋芒四射的高跟鞋。

等到有一天，我也如她一般站在街头把傲气踩在高跟鞋下的时候，却怀念起那个穿球鞋的羞涩小女孩儿。

## 2

我不是那块材料，我已经深深自知。

我太热爱烟尘俗世里的小快乐，远远胜过锦衣夜行、觥筹交错。吃不得那般苦，唯有温润如玉，还能保持粉黛昂头。

但如此这般粉黛昂头，亦不是轻易换得的。

**不是美女就不失恋，不是有风骨就得人瞧得起，不是才女就不用努力赚钱。**

数不清多少次穿行在车站，人头攒动，在无数的大嗓门与拎着编织袋的人群里，我是一个独自上路没有人接站的女子。

台风天气搬家，挺身而出护着身旁人，与小工们周旋，冷着脸撵着拳头，让他们不敢轻易狮子大张口。

劳心劳力之后，还要受人埋怨，也只能一概承担。睡一觉之后，默默忘记。再累再饿，回家给自己煮碗面，吃完不想家。洗衣机坏了，灯坏了，煤气没了，已经不能激起我的脾气。默默看着，第二天找人修理，然后继续与修理工斗智斗勇。

再痛的事，亦有沉湎期限，因为明日还要早起上班，还要继续电话给父母说我很好。病了，加紧干完活，一个人去医院，挂完吊瓶，喊护士拙针，再默默回办公室，继续干活。

**这城市多的是这般为了点风骨，与生活琐碎无穷斗争的女子，没有什么好哭泣。**

工作上的心酸苦痛，亦从不对人倾诉。这世上，即使赚钱买花戴，也要勤力，这是本分，没有什么好埋怨。

爱情，不管欢喜悲哀，向来冷暖自知。对朋友告知开始和结果，只是表示我活着而已，生怕烦扰她们超过三分钟。想喝酒的时候，翻遍一圈电话号码之后，还是默默关机睡觉。

然后，听到某女说，多怕无人接站，多么凄惶！

忽地，心疼起自己来。

这样一路走来，到了今日，听你们诉你们的悲欢，才知我着实对自己多么苛刻。女友说，你是亦舒笔下的女主角，是宁波，是南孙。我笑，我哪有那般坚强自立？但你们不说，我尚以为，全世界的人都如我的母亲那般有风骨地活着。我从不记得她有落泪，她有埋怨有孤单仇怨。

可我爱她。我也爱身上她的那份骨血。

不然，我如何让你爱我的肉体，亦爱我的灵魂？

## 牵着爹的手，忘记表在走

这么长久以来的第一次昏睡，是在一个传说台风将来的午后。

拉上窗帘，雷电霹雳在阴影里很乖很低调。手脚冰凉，在这夏日，没有开空调，拉着薄被，沉沉睡去。沉睡不知归路，我忘记了秒针的转动,我忘记了流年。在这一张铺满花朵的床上,安宁温暖。在这夏日，全然不管，全然不知外面的闷热。

中途有人打电话来，询问我手袋金色的没有了，是要白色还是要黑色,我恍惚答了一个白色。再被吵醒的时候,依然是电话,他打来的。闲话了家常，最后，他说他去做饭了。

我心一惊，这个当年沉闷严肃、时常烟酒味满身的男子，如今却会在思念满溢的黄昏里打一个温情的电话。十年前，我怎会想到会有今日之光景？那时候，怕他躲他甚至憎他都来不及。

看过他二十年前的照片，黄山，白衬衣，短发，英姿勃发，像一棵树一样的年轻男子。

都说我那么像他，尤其是眉眼，可惜我不曾遇见过那样的他。

现在，他有眼袋，皱纹，肚子，烟渍。

可是，我爱那样的他，以及知道他那样爱我。

甚至，因为他，讨厌聒噪的男人，讨厌嬉皮笑脸，讨厌解释和违心奉承，习惯看到笑容缺失，习惯嗅到烟草味，习惯高兴时候一饮而尽。我以为我绝不会继承的那些因子和骨血，如今如水墨画般，在阴天的天气里，印记越来越浓，铺陈开来，重峦叠嶂，弯弯曲曲，终归大海。

我很少主动和他亲近。小时候，他热爱抱着我这团小肉身，然后咧嘴靠近我的腮帮子，扑面的烟草味和麦芒一般的胡子，让我心生惧怕，我举着小肉手，阻挠他靠近。

他也不介意，一而再，再而三地尝试，直到有一天我不再穿着小裤衩在他面前晃荡，直到有一天我会躲着他换衣，直到有一天他会轻轻敲我的房门不敢擅自入内。

从此之后，肉身之间隔着墙壁，叛逆的少女与疲惫憔悴的中年男人渐行渐远，甚至相见无言。他不懂青涩，和我不懂负担，似乎有着天壤之别。

某一天，突然喜欢上他酒醉后的样子，捏捏他胖乎乎的肉脸，听他傻乎乎地笑着说，喝酒了你就不理我了吗？那样的无所防备，换来了我的无所顾忌。只有那个时候，我对他会多一些爱怜。第二天，他酒醒，恢复黑面黑衣，严厉苛刻，我甚至会希望他能喝点酒躺在沙发那儿对着我笑。

**再然后，跌跌撞撞之后，回忆起旧日时光，我发现，像他那样爱我的男人，还可以到哪里去找？**

# 你心里的那个少女哪儿去了

## 1

“私奔”男主角王功权火了，于是我连带也买了他推荐的冯仑的《风马牛》。在我看来，冯仑这个人最有意思的不是那些荤荤素素的段子，而是他虽然没有一颗私奔的心，却极自信地认为他了解女人。

他欣赏琼瑶，因为琼瑶是女人里唯一把爱情当宗教的。很多女人谈恋爱合适，真过日子就开始怀疑，再离婚之后就彻底不相信了。不仅如此，他还把琼瑶阿姨的人生态度升华到事业层面，觉得应该像琼瑶阿姨一样做事，把它当成爱情，享受它，即便中间有曲折也不放弃，最后靠这事养活自己。

这绝对是我第一次看到被社会认可的功成名就的男士如此大张旗鼓地颂扬琼瑶。女人们在步入成人的社会后，深深觉得饱受那些爱情卫道士的毒害，导致寸步难行，更在成长的岁月里一边丢弃了已有的信仰，一边却又建立不起新的支柱。而这边，男人对女人的想法和希望却真的都停留在长发飘飘双眸闪光的年代。

有一个段子很流行，意思大抵是不管二十岁、三十岁、四十岁甚至八十岁的男人，他们想要的都只是二十岁的女人。这让很多大龄女青年咬牙切齿地愤恨，觉得自己就那样被时光和爱情抛弃了，尸骨无存。

我倒觉得，所谓二十岁的女人，并不是指生理年龄而是心理年龄。令男人赏心悦目、心神荡漾的是二十岁时眼睛散发的那种光彩，一种未经世俗侵害，不管他是谁都仅仅只是把他当成一个男人来看待的神情。不是财主，不是丈夫，只是一个男人。

## 2

我记得很早之前，一个女朋友对我说，你之所以异性缘不好是因为眼神太精明犀利。她说，男人最害怕女人一副誓要把他们看穿的样子，男人最喜欢看到的是像徐若　那样眼睛雾蒙蒙的女子。很多年后，我一直记得这句话，也时刻提醒自己，不管自己变成了谁，都不要忘记自己当初的模样，更不要忘记自己首先是一个女人，不是上司，不是下属，不是老婆，只是一个女子。

冯仑说女人，15 岁到 20 岁，只懂爱情不懂婚姻；25 岁到 35 岁，只懂婚姻不懂恋爱；35 岁到 45 岁，只懂日子不懂婚姻；45 岁到 55 岁，只懂孩子不懂日子。

这句总结怕是许多中国男人敢说又说不出来的心里话。他们需要一个会过日子的女人，然而当那个女人除了过日子，并且以全面掌握一切过日子的能力为目标（包括所谓的御夫术）的时候，他们就真的只能把她当成老婆，而不是女人了。

为什么男人有一句千篇一律的台词：我老婆很好，只是我们没有感情了。这句话如果被老婆们听到，一定觉得他该下十八层地狱，简直是忘恩负义的再世陈世美，纯属为出轨找理由。

然而，这社会就是这样，把许多男孩逼成了丈夫，把许多少女逼成了妻子。可不同的是，丈夫变成老公，他心里始终还住着一个小男孩儿；妻子的心里却早早丢弃了那个小女孩儿，把自己变成完完全全的老婆。社会和家庭都逼得她以为只有那样才叫功德圆满，直到有一天，男人却告诉她们，他们一点也不喜欢那样的她们。这真是讽刺，而其中的罪魁祸首，往往不是别人，正是她们那不停念念叨叨的娘亲。

## 3

写这些文字的时候，艾明雅在旁边看到最后的那几句，会心一笑。然后她说，我就是来你这儿寻找内心的那个小女孩儿的。

前一天，她坐着高铁从长沙到广州，然后再从广州转地铁到东站，然后再转“和谐号”到深圳。自己从火车站打车过来，上楼，按响我家的门铃。这样兜兜转转半天，只是为了找她的十二姐喝一个下午茶。

她到的时候已经是下午1点多，放下行李，我们去中信喝了个下午茶，顺道去吉之岛买了她爱吃的菜，拎着满满一袋子食物回家。四年时光，就这么过去。那个时候她还是刚大学毕业的浮躁姑娘，我是一个正千疮百孔默默疗伤的都市女郎。

我中意她的快言快语，她热爱我的一针见血。她总怕我心灰意冷嫁不出去，也怕自己心高气傲遇不到良人。其实，我也不过是比别人多一些相信。

在她回长沙前的一个下午，我在沙发上酣睡，她写了这么一篇日志——

昨天十二姐的文章里写道：一旦成家立室，男人总比女人显得灵动。何解，是因为无论世事多么浮躁，男人的心里始终还有一个大男孩儿；而青春日益流失的女人，很容易就抛弃了最初的那个小女孩儿。

昨夜吃完饭归家。在丸子小姐和包子先生的车上我大为感叹，一个尘埃落定的女子和一个单身美女最大的区别，不在于年龄与容貌，而在于坐定于某处时的眼神，落定的那个很快便双眼呆滞，而单身的那个炯炯有神。只因为这个世界，还存有她的猎物。追寻猎物的时候，多么灵动。丸子小姐连连点头：我现在出门若是看见帅哥，再也木有激情，甚至看见稍有眼缘的，即刻想到人家是不是搞基的！否则何以长得如此标致！一车人笑倒。

此时此刻，我坐在深圳某处，沙发上躺着我的灵魂知己。写到这段的时候，我突然异常欢乐。

其实，若说我真该被神马打动，不是折翼的天使，也不该是某个人的能耐，而是我会一直坚持着内心的那个小女孩儿。而最有意思的是，当你说起这些暗语的时候，有人可以一瞬间明白然后大笑。

# 没有烟火，人心不暖

## 1

生活种种往往都不过是一念之间的不同。那一念之间背后，是千差万别的各类心思，是云泥之别的面容气质。

常常在那一念之间，反复问自己：假若是另一个人，该当如何抉择？如此这般想时，并不是在什么紧要关头，而是在菜市场、超市抑或其他的卖场。

我会想，那每排货架上的不同货物，会被怎样的女子握在手中？最后拎回到怎样不同的家？在那闪烁着种种不同一念之间的地方，背后是相同又不同的生活状态，是各种各样的家庭模式。

每每在菜场遇到从头到脚优雅得不可挑剔的主妇时，顿感心旷神怡。马家辉的书里写到，他曾经在香港的菜市场偶遇婚后隐退的林青霞，白衣一件，在那样繁杂吵闹的地方，熠熠生辉，美得不可方物。书中附带照片一张，凝视着微微低头嘴角含笑的青霞，内心获得一种油然而生的愉悦。

以此想起当年媒体采访伏明霞，拍摄她在香港菜市场面容自若地和摊贩们话来话往。那时的她，已然圆润淡定，完全不复跳水公主的骄傲神情以及那年轻紧致的身体线条。可我喜欢镜头里那样的她，满足安宁。

**一个人，当他主宰的不只是与钱欲相关的场合时，才可算找到内心的平衡良策。**

## 2

饮食男女，对食物的态度，折射出对烟火人生的大半态度。

关于食物，博大精深的食物哲学，从来都令我敬仰和膜拜。从父母血液里，我继承了一种从食物中汲取幸福和力量的态度。

春天要吃细米煮鸡蛋，夏天要吃番茄汤、绿豆沙、莲子汤，秋天要炖银耳，冬天炖上一锅鱼头。

在那些夜晚，乖乖待在妈妈身边，看她剁满盆的红辣椒做豆豉，看她晒红萝卜再放进腌坛，粽叶飘香的季节看白线串成的一串串粽子，过年时的蛋饺、珍珠丸子、鱼糕。

当年是不知不觉，只觉生活被他们摆布，被季节摆布。如今想起，都是乐趣与妥帖。这些琐碎，被视为捆绑束缚妇女生产力的鸡毛蒜皮，当初努力丢弃不屑学习，只是学着证明自己有足够能力，应该在社会和家庭与男子享有同样的权利。

于是，某一天，突然想起那些片段，怀念起那样一种感觉，同时意识到，这是多么重要的一种传承，那意义不低于文化历史的传承。

从极左到极右，不过是另一个误区。

**身为女子，我们不该忘记那些千古传承下来的生活智慧。**假若我们的孩子不懂二十四节气的意义，假若我们的后辈已然完全不懂什么叫季节养生，假若中国引以为傲的饮食文化只掌握在大厨手中而在家庭饭桌遗失……那将是另一种痛楚。

从三年前那样一个十指不沾阳春水的我，到现在看到温暖厨房十指蠢蠢欲动的我，感激遇到一个教导我日子应该是这样一天天过的男子。到如今，转头对身边的女子唠叨：要记得常常耐心煲一锅汤，要记得为自己爱的人下一次厨房，这才是生活。一个未来做太后的女子，如果连这些都无法统治，如何身心坚强地担起那些长相守需要面临的厮杀挑战。

每一种食材都有它特别的香味，特别的颜色，特别的姿态。穿行在红红绿绿的它们之中，感觉踏实和顺并且快乐。享受挑选它们的心情，以及享受盘算着如何让它们死得其所那样一种思索过程。

**没有烟火，不成家。没有烟火，人心不暖。**

我会用梅子酒煮猪蹄，三分钟端出一碗鸡蛋羹，两个小时熬好一锅红枣银耳，还要选很好的香菇来炖鸡，还有炒菜必不可少的姜蒜辣椒、大葱小葱。在厨房里排兵布阵，刀碗瓢盆，厨房外有一个等待的人，有一个开心吃完自觉洗碗的人，快意人生。以此抵御时光流逝，留住快乐时光。

有人说，女人无法抗拒懂得烹饪的男人，看着他清洗调味，就想象他在情欲爱抚时，会是多么耐心而灵巧。

那么，我们也可以说：饭在桌上，我在床上。**好好生活最大的能量，不在生活之外的天边，而在生活本身点滴给予你的能量。**

# 我怕走得太快，丢了你们

## 1

就这样，突然有一天，开始在夜里不舍得睡去。怕那样睡去，没有时间端详自己，逐渐变得混沌起来。

于是，越发爱上了这夜，一遍遍听梁静茹的《夜夜夜夜》，让发生的事开始一幕幕在眼前回放，不肯滚上床。

那天见过之后，艾明雅在从深圳回广州的车上，发了一条短信给我：如今你身处的环境不同了，希望你还会是那温润如玉的你。

凝视着“温润如玉”那四个字，心有一点痛。温润或许真的开始要远走了，由不得我。一个年轻的单身女子，迟早会被生活逼出一点悍妇气质来。叫自己一声公主，那只是抚慰，心底自知。

那晚，经历了不食人间烟火的几天之后，从雪山上下来，一群队友都疯了，灯红酒绿，敞开胸怀喝。

好几个队友端着酒杯对我说：真对你刮目相看。这句话，在山上已经听到过数次。还有队友说，你隐藏了太多。我只是笑笑，因为不了解的是他们，我从来都不是哭鼻子央求谁的人，唯一那样做过一次，也不是因为害怕而是愧疚。

回头望望，千山万水真的就这么走过来了。向前看看，还有那么多的千山万水等着你。这世界多么辽阔,你想看到更多,就不得不舍弃，舍弃某些人和事，舍弃曾经的自己。**有舍未必有得，可是不舍就不会有得到。**

有些人就是这样爱逼迫自己不断上路，不幸的是，我是这其中的一员，尽管我并不能确定舍弃的一定正确、得到的一定肯定。但庆幸的是，在那样千军万马过独木桥的时代走过来，我那么成功地替自己存留下来了那么多的天性，因着这些天性，有痛有乐，至少活得真实，也不是不感激的。

慢慢地知道，这世上慢慢行来，你会遇到很多很多的人，多到有一天你真的不再全部记得，甚至只记得一小部分人，只怀念数个人，只刻骨记得两三个人，只铭心记得一个人。记忆和你的身体细胞一样，由不得你自己，而且更为武断和无可奈何。

这种感觉，孩子是不会懂的。孩子都会口口声声地喊：我不会忘记。结果到最后，他们连曾经说过这句话都不再记得。然后有一天夜里，脑细胞飞快旋转，想起来的人屈指可数，而其他太多太多人都面目模糊。

笑自己，当初是真心还是假意，不然为何那么健忘？**难怪乎，会有人愿意做那些伤筋动骨的丢人的事，只为了让某些人记住。好也罢，坏也罢，能被记住就好。**

## 2

我记得，我在一个小城的广场静静流泪，为着一段自以为会天长地久的感情。身边那个男孩紧张地想着去哪里弄一束百合安抚我？那个时候真容易快乐。

我记得，在湖边的秋千上，为着自以为为爱高尚的自己哀愁不已。有人不停推着秋千告诉我说，不是你不对，只是没有遇到对的人。他还说，十二，不要放弃对爱情的信仰。我点着头，以为自己可以永远那样忠诚地对待自己。

我记得，在西安的城墙上，秋天的阳光很温柔，人很少，和女友骑车飞奔，望着墙下的街道，二十岁的心事很澄明，哪里知道后来会蜕变成蛾而不是蝴蝶。

我记得关于白菜的一个相濡以沫甘之如饴的童话，可是它最后被我亲手扯破。

我记得在一个秋高气爽的午后，有个女子说：这真是适合约会的日子，青春就该用来挥霍。那真的是适合恋爱的季节，却没有人在那时跳出来守护我。于是，我只好自己学会守护自己。

我记得某个关于风筝的故事。哭过痛过，风筝飘太远，你再也追不到我了。

我记得这里，因为它记录了四年多来的山山水水。

现在我想我会记得雪山上阳光下那如钻石般闪亮的雪地，记得那些牵手拥抱，记得那些雪地上的字，记得那戈壁的落日，那落日下泛黄的古旧落寞的城堡，那胡杨林夹杂着的一条通向天际的路。

可是记得的太多，忘记的也太多，有个日日安睡的孩子就这样不见了，尽管她还是蜷着身子，拥抱着自己入睡。现在的她，不再害怕那一夜又一夜的夜。唯一怕的是，我走得太快，丢了你们，因为丢了你们也就是丢弃了与你们相关的自己。

还好，还好，还有这里按图索骥。

**其实，最清楚最懂含笑不诉离殇的人，是最怕离别最怕痛的人。**因为那痛会在心里，久久散不去。能用眼泪解决的事，从来不深重。

一个拥抱，已是千言万语。

# 死而无憾，只因为人世的温柔

我们到的时候，已经是病危通知下达后的翌日中午，她躺在病房里，带着氧气罩，一呼一吸都感觉非常吃力。

所有的人围在她身边，我以为他会哭，但是他没有。他是她的心肝宝贝，所有人都知道。她视他为最大的寄托，所有人都知道。

她一直不肯咽下那口气，是等着他回来。她一生平凡，半辈子辛苦，最大的骄傲是养了这么个孙子。她连给重孙的小衣服都亲手做好了，却还是等不到亲眼见到的那一刻。

今年三月份，我给她打电话，她跟我说：夫妻之间最要紧的是信任，你一定要信任他。又叮嘱我说，两个人要互相扶持，不要吵架。

所以我一直相信，因为她，才有那样的他。会套被子的他，因为奶奶教的。会做肉圆子的他，因为奶奶教的。会懂得病了该吃什么药的他，因为奶奶教的。

一个从来都把自己收拾得干净妥帖的老人，一个好强了一辈子不想让人照顾的老人，到了最后的时刻，却不能遂心地维持尊严。**我终于懂得，命运最大的无奈和愤恨，是连挪动一下身体都无法自己办到**

**的时刻。**

第二夜，她走了。走之前，她早早就为自己做好了最后要穿的那身衣服，灰蓝的，非常素净。她生前说不喜欢外面卖的那些花哨的不体面的衣服，所以一定要穿着她中意的衣服离开。

医院的停尸房挨着山，前面就是河，一路白色的栅栏和白色的灯泡，让人觉得这一切的生死都是干干净净的。

我们都在外面等待，只有他和入殓师在里面为她整理最后的体面。我望着他，带着手套，面色平静，无忧也无怖，好像面临的是一场特别平常的离别，亲手为她穿上衣服穿上鞋。

半夜3点，其他人都去张罗第二天的仪式去了。他太累了，就在她旁边的长椅上睡着了。医院的人说，在这里这么多年，还是第一次见到这样的孙辈，再没有第二个。

第三天天明了，一整天的法事。

他忙进忙出，看我背着个大包，问怎么不放着。我说没地方放啊。他说怎么会，我有最好的地方，交给奶奶管着，谁也不敢拿。于是，转身放进了棺材里，转头望着我笑。法师敲着锣唱着经，所有人都相信她一定会经此得到安宁，就像门上贴着的那句“潇洒赴黄泉”。

我就在她后面的小屋睡着了，任外面锣鼓喧天，只知道他进来亲我的脸颊，问我要不要吃午饭。起来时，已经是黄昏。几夜没有怎么睡，他看起来又黑又憔悴，但却神色安宁。

第四天清早，没有下雨，她被抬上山安葬。最后那一刻，鞭炮放完，就落起雨来。

我想起五年前小叔走的时候，也是在夏天。走之前他说想吃西瓜，而那一夜，他就怀抱遗憾走了，那遗憾里有未成年的儿子和贫穷的人生。那一年，他还不到 45 岁。

至少她是没有遗憾的吧。被她最爱的人那样温柔对待过，虽然她再也感知不到。我亦在心中默默叩谢，她养育出这样一个温柔的男子，给予我这样的福气。在那之后，我觉得比此前更依恋他，是依恋不是依赖。我希望像她所说那样，做彼此信赖尊重的夫妻。

# 我们都换来了更好的自己

## 1

我总记得某一天早起上班，那是某年的一个春天，那个时候我每天早上从南山到梅林要一个小时并且倒两趟公交到公司。就在那天早上，我发现深圳春天里的三角梅和木棉花开得真棒，忽然这个城市开始给予我一些亲近感。

又后来某天晚上，坐在晚班车上，看到浩如烟海的灯光，每一栋楼里那密密麻麻的灯光，像很多人一样问自己什么时候会有一室灯光属于自己？

现在依稀想起这些，看到街道上那些满脸迷茫穿着黑丝袜高跟鞋的姑娘，告诫自己应该满足如今的生活，至少我那些不大不小的目标都实现了，至少在我还没有放弃和抱怨的时候它就实现了，虽然我舍弃了很多，丢掉了很多，比如曾经觉得又酸又煽情的那些文字。

嘲笑自己变成一支秃笔，唯一庆幸的是保留了温暖。我的文字帮我抚平了人生的伤痕，同时人生里的温暖替我继续延续了文字里的希冀气息。

我也写过花，写过王子公主的美好，并且在文字里坚信过爱情应该必须是与真善美相关联的。那个时候他们都叫我小十二，是那个见到陌生人张着眼睛不说话的姑娘。现在他们叫我十二姐，是那个遇到什么事都可以对着倾诉商量的女人。

**然而我还是我，不会忘记自己是怎么一步一步走过来的。**

## 2

也就在四年前，我还和女朋友躺在一个床上，那个时候我们畅想着多写字多赚钱一起去旅行，去看很多风景。结果生活给了我们惨痛的迎头一击。

也就在三年前，我还以为我会和一个满腹经纶的男人共度一生。我以为是在最合适的年纪遇见了最合适的人，像沈从文写的那样。结果，命运给了我最残酷的结局。

现在是看似一切圆满了。

然而，我无法不怀念曾经的自己。

不要以为现在的你稚嫩又傻气，不要以为现在的你无知又无能，不要以为现在的你对命运毫无办法，更不要以为现在是最没有底气最不谙世事的年纪，像只鸵鸟般抵抗人生。

那些种种都有它的美好。

女朋友总说我对她们说话从不客气，喜欢直接当头一棒。那是因为我和其他人不一样，我见过最消沉最低落时候的她，一如她也见过最差劲最傻时候的我。所以我们用不着客气，也用不着抚慰。现在的我们或许不如当初想象的那么好，但是都比过去要更好。

不管怎样，我们都换来了更好的自己，而那都要感谢当初那个可爱的自己。

**假如一个人曾经觉得自己足够聪明足够厉害，那他后面的人生很难过得更好。**

每次回家的时候，望着过去的照片，由衷感到一种幸福。此前会觉得不好意思，照得真难看，怎么这么不上相。现在看着会高兴地想，是的，那就是曾经的我。

听梁静茹的《可惜不是你》，虽是情歌，听到那句“仿佛还是昨天，可是昨天已非常遥远”，还是大哭不已！

# 只有爱情的人生，是死路一条

## 1

直至今日，终于知道我喝多了酒也会哭泣，也会抓着别人的衣袖，也会渴望拥抱，而且第二天清晨醒来时，历历在目，不会忘怀。方知清醒太多，醉了就开始脆弱。脆弱太多，醉了就开始勇敢。勇敢太多，醉了就开始害怕。

你们说，我开始煽情了。不，我只是触摸到了生活更多更多的棱角，以及望到了自己更多更多的细胞。这根本不是需要怜惜或者伤感的事，也不需要任何人来陪我抒情。不，我高兴我还能如此煽情如此脆弱，在这样的年纪。

停了车，坐在大马路旁边，看着车灯闪过来又闪过去，喝得晕晕的，望着初秋的落叶，想着踩上去应该是脆脆作响的吧。撑着下巴，回头望着旁边的人，突然流泪地说：心里难过的事那么那么多，付出从来不能获得通往天长地久的保证书，所以不再把爱情看得那样比天高，我不想再受伤了。

就这么慢慢地说，慢慢地流泪，他伸出手帮我把眼泪擦掉，问了一句：以后也要一直这样吗？难道真的没有人让你肯去托付吗？我摇头。

心里太清楚，我这样的女子，自始至终没有为任何一个男人放弃对世界的探知欲望，这是天性，越来越清晰的天性，无力改变，而你也不会是那一个。至于以后，以后再说吧，谁知道以后是怎样？为了未知的以后委屈现在的自己，从来不是我的风格。

回头望，唯一遗憾的是，在有足够多的时间狠狠爱的年纪，没有好好不顾一切地挥霍。有人对我说，任何时候都可以爱。是，这句话永远都没有错。可是，即便在 40 岁遇到那个让你年轻 14 岁的人，那也不过是错觉。那种错觉，遇得到是梦幻，遇不到就遇不到了。这不是悲观，是诚实面对人生。

**当你诚实面对自己的时候，你其实更能热爱自己，因为只有如此这般，才懂得以何种方式爱自己。**

## 2

**人生有许多悖论，其中最痛的一条就是，爱他人的极致是忘记自我，而忘记自我是摧毁自己最冷酷的方式之一。**

敏感渴望爱的人，永远无法在这条悖论中找到平衡之道。试过就知，只有爱情的人生，对我来说，是死路一条。勇敢面对这条悖论，唯一的方式是建立起自己更多的人生支柱。我努力倔强地走上了这条不归路，再也回不了头了。

不是不相信谁，不是不肯依赖谁，不懂的人会说你是忘记不了伤痛罢了，其实，与此无关。

一定有人是可以信守承诺的，可是承诺只能和数词量词挂钩，它不是形容词的好搭档。

承诺说，让你快乐，多么动听的话。可是，春夏秋冬，你能让我不伤春悲秋吗？坚强和淡定都是自发的光芒，不是可以被赠予的。

承诺说，给你幸福。幸福是什么形状呢？每个人心中都有一个幸福的样子。不是衣食无忧，或者稳妥安逸可以赋予的。要幸福，首先自己要掌握一把通向自我的钥匙。

**这个世界，有人把爱情当事业，有人把事业当爱情。这样极端，都是极其容易断裂的生活方式。**请让我去寻找一条可以让自己有更多幸福能量的道路，而不是欺哄我：你的幸福就是依赖我。因为，倔强是我的性格支柱，寻找是我的人生关键词。

爱是恒久忍耐又有恩慈，这句话只有活得丰盛热烈又敞开心胸的人才会真正懂得。

就像淡定，那不是天性，一定是伤痛后才有资格讲。

重看《欲望都市》，萨曼莎穿一身白衣站在阳台上，转身对开门进来的男人说分手。男人问：你不爱我了吗？不，我爱你，可是我已经爱自己四十九年了，她更值得我去珍爱。

她尽了自己的努力，然后在看到底线的那一刻宣告放弃。

**谁也没有权力假借爱的名义，让你为自己流泪。**

# 其实，最好的年龄才刚刚开始

## 1

如果问我，现在最需要相信的事情是什么。我觉得太多励志的话语都是虚妄，唯一要相信认定的只是这样一句话：不要为那年的青春哭泣，最好的自己你还没有遇到。

如果说有什么需要庆幸，那就是我从来不害怕变老，我害怕的是自己配不上如今的年龄。

作为女人，别的都不可怕，最怕的是死都要抓住青春的尾巴，不肯面对。

我从来不觉得最好的年纪是十八九岁。

或许那是很多人眼里的美丽年华，洛丽塔一样晶莹紧绷的小肉体，不管穿什么都好看。然而，于我来说，那是一个女人最美好却不自知的年龄。

彷徨，难过，不自信，不敢抬头挺胸走路，不敢抓住最想要的自己，任由那些误会错过，伤了彼此。一道道伤痕下，逼着自己丢弃曾经的自己，根本不知道自己有多美丽。

**要经历多少，一个女人才开始懂得自己其实值得获取太多嘉许。要流过多少眼泪，一个女人才明白那些抛弃和分离并不是因为自己不够好。**

你要说，再没有那么美丽的自己，最美丽的岁月再也不会回来，一定是还没有看到如今的自己成长了多少，又或是你沉湎于以往的过错中不肯好好珍视自己。

## 2

闺蜜今天跟我感叹，没想到，十年之后，最美最霸气的是曾经的那个小丫头。她不再是那个借由《手机》里的暴露镜头上位的姑娘了，也不在乎所有人说她张扬跋扈狐媚相。

娱乐圈向来不缺貌美又有金主捧的姑娘，她能成为今天的范爷，让我想到了曾经的李嘉欣。她们都是亦舒笔下的刘印子，不是不懂怎样才能讨好别人，只是更懂得怎样去讨好自己。

生得惊为天人算什么，二十年后，有人成了村妇，有人成了女王。

**你若不相信时光，那么首先被时光辜负的就是你自己。**

我们在一起,从来不多去回忆当年的青涩面容。因为,我们都相信，最美好的岁月仅仅是刚刚开始而已。

以前觉得，岁月啊，人生啊，貌似好多期望好多盼望，却没有一样可以握在自己手上。

慢慢地，慢慢地，摊开手掌不再是空无一物，虽然失去很多，总归是有所得。

时常在电影院看到穿着得体的中年女人，相约看一场喜欢的电影。那眼角眉梢里难免会有些落寞，然而那浑身散发的笃定，那一身名牌也无法掩盖的气场，令人欢喜。那欢喜远胜过看到那些花枝招展却透着浮华气息的年轻女子。

也许到了那个年龄，太多憾事，太多身不由己，太多无法更改。

可是更美好的事是，终于摸到了淡定和释怀的尾巴，对自己的美丽有一种笃定，无须外人赞赏或是贬斥。记得柯蓝有一次在节目里说的话。大意是，以前真的会觉得自己不够好看，有一天发现自己就是很美丽啊，为什么会不美丽呢？

更美丽的自己，就握在你自己手上。管她 19 岁的时候是不是比你美丽，天知道，十年后，谁才是最美丽的人？为什么不相信自己的运气？

“有生之年，竟花光所有运气。”我才不会信这句话。没有任何一个男人，没有任何一段爱情，可以花光你的运气。

管你是王子，还是白马，我一定坚持等待遇见更好的自己。我也一定不会拿自己的运气去换一个王子。

这世界，你最珍贵。

我期盼看到为人妻为人母的你们，我期盼我们成为一棵棵开花的树，我期盼我们成为那个男人心里最敬重的女子，我期盼我们有一天理直气壮浪费时光为了快乐。

**我不相信皱纹可以压倒美丽，我不相信时光真的吞噬美好，我不相信时光增添的只有怨气，我不相信琐碎会带走所有的智慧。**

最好的年龄是，那一天你终于知道并且坚信自己有多好，不是虚张，不是浮夸，不是众人捧，是内心明澈地知道：是的，我就是这么好。

图书在版编目（CIP）数据

最好的年龄才刚刚开始 / 十二著. —南京：译林出版社，2014.4
ISBN 978-7-5447-1360-3

Ⅰ.①最… Ⅱ.①十… Ⅲ.①长篇小说－中国－当代 Ⅳ.①I247.5

中国版本图书馆CIP数据核字（2014）第024332号

书　　名　最好的年龄才刚刚开始
作　　者　十　二
责任编辑　王振华
特约编辑　周冬辉　张　昊
出版发行　凤凰出版传媒股份有限公司
　　　　　译林出版社
出版社地址　南京市湖南路1号A楼，邮编：210009
电子信箱　yilin@yilin.com
出版社网址　http：//www.yilin.com
印　　刷　三河市祥达印刷包装有限公司
开　　本　880×1230毫米　1/32
印　　张　8.75
字　　数　101千字
版　　次　2014年4月第1版　2014年4月第2次印刷
标准书号　ISBN 978-7-5447-1360-3
定　　价　29.80元